LES BLEUS S'EFFACENT TOUJOURS

Hervé Pouzoullic

LES BLEUS
S'EFFACENT TOUJOURS

Éditions Anne Carrière

Du même auteur

Le bigorneau fait la roue, éditions Anne Carrière, 2016
L'Homme qui voulait aimer sa femme, éditions Anne Carrière, 2018

ISBN : 978-2-3808-2284-7

www.anne-carriere.fr

Pour toi, Arina, ma femme adorée.
Pour Chloé, Sacha, mes enfants chéris.
Pour toi, chère maman.
Merci

I

Le mercredi, c'est l'enfer.

Seul dans cette maison. Au premier étage, ma chambre d'enfant. Par la fenêtre, on devine la rue. Des visages se dessinent entre les branches compactes des thuyas. Le jardin, un marécage d'herbes folles. En bas, les doigts tordus du lierre grattent la meulière et rampent jusqu'à moi. Ici, rien ne ferme, à part la cave et la porte d'entrée.

Je pousse mon lit devant la porte. Impossible de bouger l'armoire. Je traîne ma table de chevet. J'y ajoute mes livres, mes chaussures, tout ce que je trouve. Je me glisse sous les draps en me recouvrant la tête, garde un espace pour laisser passer l'air et la lumière. J'entends un bruit. Je ne suis pas seul. Une chaise racle le sol dans la pièce d'à côté. Puis rien… Mon cœur s'emballe.

Et tout à coup, le bruit est terrible. La porte s'ouvre avec fracas et bute sur le lit. Je me redresse. La violence du choc a déplacé l'ensemble. Sa main passe par l'entrebâillement, tâtonne pour comprendre ce qui bloque. Je pourrais lui écraser, lui arracher les doigts. Mais j'ai peur. De l'escalade de la violence. Des représailles. De sa colère. Jusque-là, je m'en suis toujours sorti. Les bleus s'effacent toujours. Demain, je retourne au collège. Au collège il me laisse tranquille. Alors, je reste assis dans mon lit.

Ses coups d'épaule font reculer ma muraille. Mon esquif bringuebale. Les livres tombent par-dessus bord. La frayeur m'empêche de respirer. Ma cage thoracique écrase mes poumons en détresse. J'aimerais disparaître. Sa main agrippe la tête du lit. Poussée latérale, je me retrouve au milieu de la pièce. La tempête envahit l'endroit. Je lui hurle de me laisser. Rien n'y fait. Je saute et me glisse dans un trou, entre fenêtre et table de travail. Je suis blotti, la tête entre les genoux, les coudes pliés, les mains sur la tête. Les premiers coups de poing tombent. Mon cerveau s'est mis en veille. Je pleure. La douleur jaillit. Mon corps est un champ de bataille. Par la fenêtre, je devine le visage d'une femme à travers les thuyas. Alertée par mes cris et le bruit, elle s'est arrêtée et regarde dans ma direction. Elle va intervenir. Comment pourrait-elle ne pas voir les coups de pied et de talon qui m'assomment ? Non. Ses cheveux blonds sont balayés par le vent et avalés par les arbres. Je me sens comme un crabe sous son rocher tentant d'échapper au croc qui lui arrache les pinces. Mais des pinces, je n'en ai pas. J'ai mal partout, tibias, genoux, visage, une seule douleur. Il finira par se lasser. Sa main se glisse entre mes coudes, empoigne mes cheveux et de droite à gauche ma tête heurte la fenêtre et la table. Il va me tuer. Ce n'est pas comme d'habitude. Il m'agrippe les chevilles et me sort de mon trou. Je lui crache dessus. Je saigne du nez. Je ne sens pas sa colère. Sa colère contre ma peur, c'est normal. Mais là… Son genou s'est enfoncé dans mon estomac. Il est sur moi. Je respire difficilement. Une seule de ses mains suffit pour me tenir les bras au-dessus de la tête. De l'autre, il me frappe au visage. Il agrippe ma mâchoire et me force à ouvrir la bouche. Je me débats. En vain. Ce sont mes joues que je mords. Mon sang a un goût de fer. Sa tête au-dessus de la mienne. Il se racle la gorge. Son mollard descend en oscillant et finit dans la mienne. Je deviens fou. Il me force à avaler. Ses gifles, je peux les prendre. Là, je me sens sale, si sale ! Mon corps peut tout encaisser, il est fait pour prendre les coups. Mais l'humiliation ne se lave pas dans les pleurs. Je me dégoûte. La faiblesse de mes onze ans me donne envie de vomir. Je veux m'abîmer, me faire du mal, me couper les veines…

Je ne bouge plus. Je baigne dans ma pisse. Je n'ai plus rien à donner. Ce qu'il a vu dans mes yeux a dû le satisfaire. Il quitte la pièce.

Il reprend le cours de sa journée après une pause bien méritée.

1

La porte du jardin grince tous les jours de la semaine. Le soir, c'est ma mère qui grince la première. Un bruit rauque, tout en mollesse. Claquement plastique des portes du garage. Une minute plus tard, sa Twingo retrouve sa niche. Elle aussi. Nouveau claquement, nouveau grincement. Elle pose ses affaires dans l'entrée, s'attaque à l'escalier. Une forte odeur de Chanel N° 5 la précède. La nuit, elle dort avec, comme Marilyn. Le jour, elle le fabrique. Ma mère est ouvrière à l'usine Chanel de Compiègne. L'élite des dames de table ! Elle est « baudrucheuse » ! Au début, je croyais qu'elle gonflait des ballons toute la journée pour faire la fête, d'où sa fatigue, le soir à la maison. Elle avait besoin de souffler… La réalité est plus compliquée. Elle intervient sur le dernier poste d'une chaîne de production où elle pratique les « gestes ultimes et précieux » : recouvrir d'une membrane translucide, appelée baudruche, les bouchons des flacons d'extraits et les entourer d'un fil de soie pour les maintenir en place. Mes copains disent qu'elle taille des pipes de luxe. Ses collègues en taillent cent par heure, elle en fait cent dix ! Du jamais-vu dans la profession. Bref, son unique talent réside dans ses doigts de fée. Mais là où je rêverais de les voir courir dans mes cheveux, le soir au coucher, elle réserve ses caresses à son parfum. Je suis jaloux d'une bouteille en verre…

Arrivée à l'étage, elle reprend son souffle. Je voudrais qu'elle entre dans ma chambre, me prenne dans ses bras, me console, me dise que ce n'est pas normal, qu'elle va intervenir, qu'elle va le faire payer. Elle pousse la porte. Je n'ai pas bougé depuis la raclée. Je n'ai pas trouvé la force de me relever. D'un regard, elle parcourt la scène. J'attends ses doigts magiques et ses longs cheveux noirs parfumés. Qu'importent les coups si sa main se pose sur moi. Je n'ose pas la regarder. Je m'en veux, sans savoir pourquoi.

— Ça va ? me demande-t-elle.

— Non.

— Qu'est-ce qui s'est passé ?

— Tu le sais très bien.

— Vous vous êtes encore disputés ?

Je n'ai pas la réponse à cette question. Je n'arrive pas à parler. Mon corps se replie sur lui-même.

— Mais quand allez-vous arrêter de me pourrir la vie ?

Ma mère est une madone italienne. Visage grave, nez droit, lèvres fines, pureté laiteuse de la peau où baignent ses yeux bleus. Comme la Vierge de Michel-Ange que j'ai vue à Bruges, elle a l'air triste. Son corps s'active péniblement et ramasse mes affaires. Ses mains s'agitent et, comme par enchantement, tout est rangé. Seul mon corps baignant dans sa flaque encombre le passage. Elle l'enjambe et s'en va.

— Prends ta douche ! Ton père va rentrer. J'aimerais une soirée tranquille, pour une fois.

2

Mon frère a redoublé sa quatrième, mais, dans deux ans, il ira au lycée. Ce sera le paradis. On se croise dans la cour, chacun avec ses copains. Les dérouillées du mercredi doivent lui suffire.

Le collège de Villeparisis n'est pas très éloigné de la maison, cinq cents mètres tout au plus. Je mets mon réveil assez tôt, fais ma toilette, prends mon petit déjeuner. Ma mère est partie depuis longtemps à l'usine de Compiègne. Les autres dorment encore. C'est mieux comme ça, tant pis si j'arrive une demi-heure en avance. Une certaine confusion règne au bahut sur les raisons qui me font arriver avant tout le monde. Soit je deale de la beuh, soit je suce les profs. Moi, j'admire le panorama et les premières lueurs sur les barres d'immeubles.

Dans la classe de sixième, chacun occupe une place précise. À côté de moi, il y a Dolly. Son nom, d'origine malgache, est incroyablement long. J'adore quand elle le prononce. Les petites vagues de ses cheveux balaient doucement son visage. La beauté de ses yeux noirs est bouleversante. Elle est la première de notre classe et son intelligence à mes côtés me rassure. Quand elle prend la parole, sa voix exhale une profonde maturité. Elle n'est pas très grande. Moi non plus. On s'en fout : si un jour on fait des enfants, ce seront des géants.

Aujourd'hui, c'est un jour important. Je vais lui faire ma déclaration d'amour. Enfin, il faudra qu'elle devine de qui ça vient. J'ai préparé une lettre anonyme en sacrifiant mon livre préféré, *Tom Sawyer*. J'adore ce garçon. Il est orphelin et n'a peur de rien. Et puis, Dolly ressemble à Becky Thatcher… Ciseaux, colle, feuille, cela m'a pris un temps infini d'assembler les lettres. Alors, je suis allé à l'essentiel. J'ai écrit : JE T'AIME. J'ai glissé la lettre dans une enveloppe, trouvé un fil de soie dans les affaires de ma mère, le tampon Chanel, la cire, et « baudruché » l'ensemble. J'adore les 2 C entrelacés. On dirait deux maillons d'une même chaîne. Un peu de parfum N° 5…

C'est l'heure, je lève le doigt.

— Qu'est-ce qu'il y a, Marc ?

— Je dois aller aux toilettes.

— Vas-y… mais ne traîne pas en route.

Notre professeure principale s'appelle Mme Mante. Je ne l'aime pas. Personne ne l'aime, d'ailleurs. Elle a une sorte de poireau sur la joue droite d'où jaillissent trois longs poils. C'est laid. On dirait une île brûlée par une attaque atomique.

Dans le couloir, je trouve le manteau de Dolly accroché parmi les autres aux patères murales. Sa doudoune noire est une piscine et je plonge ma tête dedans. Son odeur me remplit. À côté, le N° 5 pue. J'ouvre sa poche et y glisse ma lettre. Je regagne ma place le cœur battant. Je n'en reviens pas : je dis à quelqu'un que je l'aime. Je ne l'avais jamais fait auparavant.

— Ça va ? me questionne Dolly.

— Pourquoi tu me demandes ça ?

— T'as l'air bizarre. Tu respires fort. Tu es tout rouge.

Tu parles… L'air chaud m'envahit, gonfle ma poitrine et, comme une montgolfière, je quitte la terre.

— Bon, tu es où, Marc ? m'apostrophe soudainement Mme Mante.

— Au plafond, madame.

Les rires de la classe m'accompagnent chez le directeur, M. Lonfroid, un homme long et glacé comme son nom l'indique.

— Vous avez manqué de respect à votre professeure ?

— Je ne sais pas.

— Ne commencez pas à être insolent. J'aimerais une matinée tranquille pour une fois.

Que je me fasse tabasser ou que je sois amoureux, je gâche la vie de tout le monde.

— Vous allez finir l'heure de cours au piquet devant mon bureau. Vous rejoindrez votre classe pour le déjeuner.

Debout devant la porte du directeur, je ne bronche pas. Les enseignants qui viennent le voir me jettent des regards mauvais. Je m'en moque. Je pense à Dolly, à ma lettre et au baiser qui viendra récompenser ma folie amoureuse.

Une femme de ménage sans âge, en blouse blanche, vient d'attaquer l'autre extrémité du couloir avec sa cireuse. Une véritable pilote de formule 1 qui conduit sa voiture de course en dansant le zouk.

— Il faut te pousser, il me reste ton carreau à cirer… Qu'est-ce que tu as fait pour être puni ?

— Je suis amoureux.

— On punit les enfants pour ça ? J'ai bien fait de ne pas aller à l'école…

Elle retire son gant en plastique et, tout en me souriant, porte sa main à ma joue.

— J'avais un garçon qui avait ton âge…

Les caresses cherchaient à sortir de sa paume depuis longtemps. L'une éclaire ma joue. Pendant un instant, je crois sentir les doigts de ma mère sur mon visage… Elle remet son gant et reprend son labeur.

— La fille que tu aimes a de la chance. N'oublie pas : pour que l'amour brille chaque jour, il faut le cirer tous les matins.

Pourquoi les professeurs sont dans les couloirs quand les élèves sont en classe ?

Sonnerie de midi. M. Lonfroid me libère. Je peux rejoindre mes camarades au self. Dans la queue qui nous mène aux plateaux, Dolly se tient quatre places devant moi. Sa poche droite est toujours fermée…

Dix minutes plus tard, je suis assis avec mes amis, Christian et Mohammed. Je les adore. Aucun d'eux ne me juge et leur bienveillance me réchauffe le cœur. Nos plateaux sont devant nous et Dolly est en ligne de mire. Christian porte son prénom avec difficulté – dans notre banlieue, mieux vaut s'appeler John –, alors, il se fait appeler Chris. C'est moins nul. Il porte des lunettes avec des verres si épais que sa tête penche en avant, sous leur poids. C'est pratique pour manger, mais en cours nos professeurs pensent qu'il roupille. Ses yeux bleus sont deux têtes d'épingle. Il se trouve moche et con. Pour lui remonter le moral, je lui dis qu'il est malin d'économiser ses yeux pour plus tard ; pour l'instant, il n'y a rien à voir. Pendant l'étude, après les cours, je sens bien que je lui pourris la vie : je fais mes devoirs en dix minutes puis lui impose des batailles navales. Je n'y peux rien, je ne supporte pas de ne rien faire. Les idées noires me submergent vite. Chris galère pour apprendre. Il ne comprend pas pourquoi je choisis de rester à l'école quand lui rêverait de rentrer à la maison…

Mohammed est fier de son prénom. C'est celui du Prophète. Mais aussi, d'après lui, celui du dernier imam des chiites. Trop fort, Mohammed ! Il n'a aucune idée de ce qu'il raconte, mais il le raconte si bien. Sa détermination est à toute épreuve. J'admire sa confiance en lui. Il ne lâche jamais rien et surtout pas les *krokis*, délicieux gâteaux algériens que sa mère lui apporte tous les jours à la sortie du collège. Elle passe son bras autour de ses épaules et ils rentrent ensemble en riant. Sa maman l'embrasse tous les dix mètres. Il s'échappe gentiment pour éviter la honte devant les copains, repousse sans peur son affection car l'amour maternel l'emmène tous les jours jusqu'au ciel où l'attendent soixante-douze *krokis*.

Mon prénom, Marc, n'est pas mal non plus. C'est l'un des quatre évangélistes, d'après mon père, et le saint patron de Venise. Mon père a fui l'Italie quand il était jeune pour des raisons inconnues. À la maison, il nous parle dans sa langue natale et m'appelle Marco. Grâce à lui, je parle italien, même si je ferme ma gueule. D'après Wikipédia, saint Marc est mort en martyr, les membres broyés par des rochers, le corps brûlé après sa mort. Un orage aurait éteint les flammes. Tu parles d'un miracle ! Maman dit que la religion catholique est une religion d'amour… Tout bien réfléchi, je préférerais m'appeler Mohammed.

— Vous avez quel âge dans vos verres ? nous demande Mohammed. Moi, trente-cinq. La classe !

— Je ne sais pas, je ne vois pas le fond, répond Chris.

— Pourtant, ça fait longtemps que tu l'as touché… Et toi, Marc ? Marc ?

— Laisse tomber, enchaîne Chris. Je ne vois rien, mais je ne suis pas aveugle. Il mate Dolly.

Je garde le silence. Le chiffre dans mon verre et dans ma vie, c'est trente-deux, le nombre de ses dents magnifiques. Mes couleurs préférées ? Le noir de sa peau, le blanc de son sourire. La distance entre la Terre et la Lune ? Celle qui sépare nos deux tables d'écoliers. La vitesse de la lumière ? Lente quand elle me regarde. Mon expérience cosmique favorite ? Ses lèvres, quand elles entrent en collision avec son crayon quatre couleurs. Ce que j'aime le plus ? M'oublier en pensant à elle. Ce que je déteste le plus ?…

— Marc, tu es avec nous ?

— Ta gueule, Chris !

— Détends-toi, Marc, il n'y a que des amis autour de toi, intervient Mohammed. Tout le monde le sait pour Dolly. Passe à l'action.

— C'est fait… ce matin… Une lettre anonyme. Dans sa poche droite. Je me suicide si ça ne marche pas.

— Passe-moi tes frites avant ! enchaîne Chris en prenant mon assiette.

— Bon, elle se lève avec ses copines. Venez, on va la surveiller, décide Mohammed.

La cour du collège est délimitée par un haut grillage en fer. Comme dans une prison, les distractions en moins, la mixité en plus. Dolly se déplace au ralenti. Autour d'elle, tout le monde court si vite qu'on ne voit personne. Son regard croise le mien. Son sourire en coin me fait quitter la route. Je m'écrase à ses pieds, le signal de détresse allumé. Quand elle porte sa main à sa poche, je le sais, j'ai tous les torts.

— C'est bon ! me lance Mohammed.

— Qu'est-ce qu'elle fait ? questionne Chris en ajustant ses lunettes.

Le pouce et l'index de Dolly ouvrent cran après cran la fermeture éclair. Quand sa main se glisse à l'intérieur, il est trop tard, l'accident a lieu. Je ne respire plus. Elle sort l'enveloppe, s'étonne. Ses amies la questionnent. Elle la retourne plusieurs fois. Les 2C entrelacés, le cachet de cire… Elle me regarde à nouveau et son sourire s'élargit.

— Tu vas te taper la honte ! lance Mohammed.

— Pourquoi ? demande Chris.

— Elle l'a démasqué !

— Mais ce n'est pas ce qu'il veut ?

Le cachet de cire ne résiste pas longtemps. Le N° 5 s'échappe. La lettre aussi. Les filles se pressent autour de Dolly pour la lire. Et toutes partent d'un éclat de rire. Sauf Dolly. Elle se dirige vers moi, ses amies légèrement en retrait.

— C'est toi qui as écrit cette lettre ?

— Non, ce n'est pas lui ! C'est une lettre anonyme ! répond Chris à ma place.

— C'est un peu inquiétant, une lettre anonyme, remarque Dolly dans un sourire. Tu me menaces ? Ou tu m'aimes ?

— Ça dépend de ta réponse !

— Ta gueule, Chris, reprend Mohammed. C'est bon, il t'aime. On ne va pas en faire un couscous !

— Il aime qui, ce connard ?

Cette voix, c'est celle qui me fait mal : celle de mon frère qui me pourrit la vie. Je ne pensais pas qu'il soit possible de passer aussi vite d'une émotion à une autre.

Je crie :

— Dégage !

— Marc t'a insultée, Dolly ? Quel nul ! se moque-t-il en lui arrachant la lettre pour la lire.

Il n'en fallait pas plus pour que je me précipite sur lui, pour une fois prêt à me battre. Ses cheveux, son nez, ses dents, je veux tout lui exploser !

— Les Tonuiti se foutent sur la gueule ! hurle un ami de mon frère.

Très vite, un cercle se forme. Je balance des coups de poing dans tous les sens. Je m'épuise vite. Mais son pif est en sang. Je me retrouve à terre. Il est sur moi. J'essaie de lui crever les yeux. Il me tire vers le haut, me jette au sol et ma tête heurte le béton. Je commence à voir trouble. Dolly a l'air terrifiée. Je tends les bras sans savoir où il se trouve. Mon crâne cogne contre le sol une fois de plus. J'entends vaguement Mohammed et Chris qui le somment d'arrêter. Je ne me défends plus. Ses amis essaient de le retenir. Un dernier coup. Puis plus rien…

Au loin, la sonnerie annonce la fin de la récréation. Tout le monde se redresse… ou presque.

3

J'adore l'hôpital.

Dans les films, c'est toujours l'endroit où, loin des tueurs, se trouve l'infirmière sexy. J'aime le confort rassurant du lit et des couvertures, la blancheur du plafond, le bruit des machines, la gentillesse ambiante.

J'ai mal à la tête. J'ouvre les yeux. En haut d'une potence, une poche de sérum se vide goutte à goutte. Mes yeux dévalent le tuyau de la perfusion. À l'autre extrémité, une aiguille traverse ma peau. J'ai un pansement sur la tête.

— Comment vas-tu ?

Devant moi se tient Cynthia. C'est marqué sur son badge. Infirmière cubique, cinquante ans, voix des îles.

— Bonjour !

— Bonjour… Où je suis ?

— À l'hôpital. Aux urgences. Bienvenue parmi nous. Comment tu t'appelles ?

— Marc… Marc Tonuiti.

— Marc, tu as subi un trauma avec perte de conscience. Tu vas passer un scanner. Tu te souviens de ce qui s'est passé ?

— Oui… Je suis tombé…

— Je vais chercher le médecin. On a prévenu tes parents. Ton père va venir. Il y a trois jeunes personnes dans le couloir… Tu veux les voir rapidement ?

— Oui.

— Ça va, Marc ? demande Mohammed. Grâce à Allah, tu es vivant !

— T'as pris cher ! commente Chris en ajustant ses lunettes.

— Merci d'être venus !

— C'était une belle bagarre, reprend Mohammed. Tu ne t'es pas dégonflé.

— Il est barré, ton frère. Il a failli te tuer. Il a fini chez le dirlo. Ça va chier pour lui !

— Dolly est venue aussi. Elle est dans le couloir. Elle hésite… Comme on a juste cinq minutes, tu veux qu'elle entre ? On te laisse avec elle.

— Ma tête, c'est un ballon de foot, je ne sais pas…

— Si tu clamses, tu regretteras, conseille Chris.

— Bon, d'accord.

Dolly entre timidement dans la chambre. Je me redresse avec difficulté pour l'accueillir. Sa beauté envahit la pièce. Dans ses yeux, une tendresse infinie. Je n'arrive pas à parler. L'émotion me submerge. Elle prend ma main dans la sienne. Une chaleur inconnue remonte le long de mon bras ; quand elle atteint mon cœur, un déclic se produit et je me laisse aller. Je pleure sans pouvoir m'arrêter. Elle ne dit rien, se lève et j'ai l'impression qu'elle va me quitter. Je n'ai jamais rien connu d'autre. Non, elle approche son visage du mien. Quand elle m'embrasse, je découvre la douceur de ses lèvres.

— Eh bien, mademoiselle, merci de votre contribution à la guérison de ce jeune homme. On l'emmène faire un scanner. Vous pouvez rentrer chez vous, on prend le relais.

Dans l'embrasure, le médecin accompagné de l'infirmière. Dolly, gênée, retire doucement sa main et la réalité m'envahit quand elle quitte la pièce : le son creux de ma tête sur le béton, le visage de mon frère, sa violence, ma famille, et l'infirmité de mes onze ans.

4

Aucune nausée, perte de mémoire ou fracture, ma déception est immense. Vingt-quatre heures en observation à l'hôpital, c'est tout ce que j'ai pu obtenir. La maison m'attend…

Pour l'instant, je profite de l'endroit. Le *bip bip* rock'n'roll des machines, l'aiguille dans mon bras, ma tête en ébullition, ronde comme une boule à facettes, je suis en soirée pyjama ! Je m'endors, tout sourire. Je pars pour Madagascar sur un tapis magique en forme de baiser volant.

Une odeur désagréable de formol me tire de mes rêveries : au-dessus de moi se tient le visage osseux de mon père. Son regard perçant évalue de manière professionnelle si je suis toujours vivant. C'est plus fort que lui, quand on lui présente un corps, avant de le déshabiller, de le nettoyer, de le désinfecter, de remplacer le sang par du formol, il vérifie toujours le décès effectif de l'individu. Dans le doute, je cligne des yeux, un accident est si vite arrivé.

— *Come stai, Marco ?*

— *Bene, papà. Tutti va bene !*

Mon père ressemble à un crucifix : corps filiforme, membres interminables. Les rares fois où il a ouvert les bras pour m'accueillir, j'ai cru ma dernière heure arrivée. Tout en haut, sa tête oblongue étirée au forceps comme de la pâte à modeler. Crâne raboté par les ans, ses cheveux n'ont pas résisté. Impossible d'échapper à son regard : son nez aquilin se cramponne à votre âme et ses yeux noirs vous transpercent. Ses lèvres fines encadrent la nature morte de son sourire. Pour toute originalité, mon père cultive une petite moustache décorative, un dévouement sans faille pour la religion catholique et une véritable dévotion pour le groupe Village People.

Tous les dimanches matin, à 9 heures précises, nous sommes réveillés par « In the Navy ». Mon père nous prépare le petit déjeuner tout en dansant en blouse blanche. Ça le fait marrer. Ma mère évoque la douce folie de mon père avec une certaine tendresse. Pour moi, la folie n'est jamais douce. Mon frère ne dit rien. Il garde ses forces pour plus tard. À 9 h 45 tapantes, nous sommes habillés, coiffés, attablés : deux œufs au plat, une bande de bacon, du chocolat chaud pour mon frère et moi, un croissant par personne, du café au lait pour ma mère. Mon père nous sert en chantant et en se trémoussant. Un jour, il nous a dit qu'il travaillait de la même manière. Je n'ose imaginer… 10 h 30, nous sortons. La messe nous attend. J'aime ce rituel dominical. Mon père a l'air heureux dans son costume trois pièces. Ma mère est belle dans sa grande robe et son chignon banane lui donne des allures de star hollywoodienne. Mon frère est inoffensif. Nous déposons à l'église nos péchés de la semaine, recevons l'hostie et l'absolution. Nous sommes prêts à en commettre de nouveaux.

— Qu'est-ce que tu fais ici, à l'hôpital ?

— Je récupère.

— Vous êtes malades, tous les deux ! Qu'est-ce qui vous a pris ? Ce n'est pas comme cela que je vous ai élevés.

— Je n'ai rien fait.

— Ce n'est pas ce que ton frère m'a dit… Bon, je viendrai te chercher demain soir. Je vais vous faire marcher droit. Enzo s'est fait exclure du collège une semaine. Il va comprendre qu'il vaut mieux être à l'école qu'à la maison, tu peux me croire ! dit-il en quittant la pièce.

Papa, je te crois ! Si je travaille bien, c'est pour avoir la paix. Si je lis autant, c'est parce que les histoires des autres me font oublier la mienne. Et si j'arrive le sourire aux lèvres en cours, c'est parce que Dolly est assise à mes côtés.

Dans un nuage cancérigène de formaldéhyde, mon père disparaît dans la nuit. Je ne sais pas ce qui va arriver à mon frère. Je m'en fous. J'espère qu'il va crever…

5

Assis à l'arrière de la voiture, la ceinture bouclée, j'écoute vaguement mon père me faire la morale. Je regarde par la fenêtre en espérant croiser Dolly. Je la vois partout, dans la lumière des lampadaires, se balançant sur le croissant de lune. Je me repasse en boucle la scène du baiser, ses lèvres rondes se rapprochant des miennes…

— Vous me faites honte ! Qu'est-ce que les gens vont dire ? Comment faire confiance à un homme dont les enfants se battent comme des chiens ? Vous voulez ruiner mon commerce ?

— Ce ne sont pourtant pas les clients qui manquent, plaisanté-je.

— Un jour, tu reprendras mon entreprise ! Alors arrête de déconner.

— Merci, papa, mais je ne suis pas sûr d'avoir envie de devenir croqu… thanatopracteur ! Enzo semble avoir des dispositions naturelles…

— Non, pas Enzo.

— Pourquoi ?

— Ça se mérite. Il n'a pas l'étoffe !

Si j'en crois les dérouillées qu'il me met, Enzo a toutes les capacités pour développer sa clientèle en amont.

— Toi, t'as le truc !

— Quel truc ?

— Je ne sais pas dire… T'es solitaire. Tu lis beaucoup. Tu es intelligent. Si je te parle de connexion cosmique avec les morts, tu me comprends.

Je comprends que dalle. Merde, mon père est complètement perché. Il faut que j'arrête de lire et que je devienne con. Plutôt crever que de devenir croque-mort !

— Au fait, j'ai deux cadeaux pour toi, me dit-il en me tendant avec difficulté un gros sac.

— C'est quoi ?

À l'intérieur, deux lourds paquets de taille identique, bien emballés, pouvant facilement contenir deux têtes.

— Un cadeau de ton travail ?!

— Ça va te plaire !

Je déchire en tremblant le papier cadeau, ouvre le premier.

— Oh… chouette… une bible ! dis-je avec soulagement. Mais tu m'en as déjà offert une l'année dernière.

— Celle-là est plus complète, tu verras. Il y a des gravures !

— Super… Et l'autre… Oh, un dictionnaire ! Merci ! Pour le coup, j'adore !

— T'es content ?

Mohammed avait reçu un coran comme cadeau de son arrière-grand-père. Dire que je m'étais foutu de lui. Ces deux livres sur mes genoux… leur poids m'écrase. De quel côté se trouve la vérité ? L'histoire racontée ? Ou l'histoire à raconter ? Le dictionnaire, c'est ma bible de demain. Plus tard, je raconterai des histoires. Je parlerai de Dolly et de son amour qui m'ont sauvé des morts, de

Village People, des torgnoles et de l'indifférence maternelle.

Mon père se gare en double file, ouvre le portail. Les thuyas raclent un peu les portières quand il engage le véhicule dans l'allée. À l'étage, ma chambre d'enfant est plongée dans le noir et les carreaux me semblent sales, comme s'il avait plu à l'intérieur. Celle de mon frère est éteinte aussi. Où s'est-il caché ? Je tente de garder mon calme. Revenir à la maison me serre le cœur. Et pourtant, j'ai envie de retrouver ma mère.

J'ouvre la portière de la voiture. L'odeur de formol me saute au visage. Mon père laisse son manteau au garage pour ne pas empuantir la maison. Une première volée de marches s'interrompt devant un grand poster de Vanessa Paradis dans une cage, titré « L'esprit de Chanel ». Fil à la patte, bouteille de parfum sur les genoux, plumes noires, cette affiche est sinistrement belle.

La seconde volée de marches passe devant la porte de la cave, étrangement matelassée de cuir rouge, qui semble séparer deux mondes, d'un côté le corps, de l'autre l'esprit. D'après mon frère, c'est là où mon père range son vin et sa folie. On n'a pas le droit d'entrer. Elle est toujours fermée. Pour moi, cette porte n'existe pas. Je me dépêche de quitter ces ténèbres. Ne pas savoir, c'est survivre.

Des notes de bergamote, de citron, de muguet envahissent soudainement mes poumons. Le cœur est ultrafloral. Ma mère est à la maison. Je dépose bible et dictionnaire sur la console de l'entrée, retire chaussures et manteau. J'ai hâte de la retrouver. Maman fait des nœuds au travail à la vitesse de l'éclair, elle saura défaire les miens à la maison en prenant son temps. Elle n'est pas venue me voir à l'hôpital. Cela m'a blessé. La mère de Mohammed, elle, aurait dormi sur place. Caresses et mots doux auraient rendu inutiles bandages et pommades… Il en faudrait si peu pour que j'aille bien.

La lumière de la cuisine m'attire comme une mouche. J'accélère le pas, j'ouvre la porte. Assise derrière la table dressée, maman feuillette mollement une revue de mode. Elle s'est habillée pour la nuit. Des mules à talons Chanel en cuir verni noir sur lesquelles règnent deux C en argent décorent ses pieds aux ongles bleus. Pantalon à pinces bleu marine et robe de chambre Chanel assortis, entièrement en soie. Maman est très élégante, coiffée d'une queue-de-cheval basse maintenue par une barrette Chanel. Je contourne la table pour me précipiter dans ses bras. Son beau sourire et ses yeux bleus m'accueillent, ses bras soyeux s'ouvrent et se referment brutalement sur un :

— Tu t'es lavé les mains ?

— Non.

— Va te laver les mains ! Tu rentres de l'hôpital.

Je m'approche de l'évier. L'inox me renvoie l'image de ma drôle de tête. Je ressemble à un gros savon.

— Dans la salle de bains ! ordonne-t-elle en reprenant sa lecture.

Je quitte la cuisine, traverse l'entrée, pousse la porte des toilettes du rez-de-chaussée.

— À l'étage ! précise-t-elle.

Sa voix me semble de plus en plus lointaine. Je gravis rapidement les marches. Je passe devant la chambre de mon frère. Il n'est pas là. J'allume la lumière de notre salle de bains. J'ai peur de le voir surgir de l'ombre. Je me lave les mains en vitesse, redescends, entre à nouveau dans la cuisine avec l'envie irrépressible d'enfin me blottir contre elle. Mais ses bras sont occupés. Mon père a conquis la place. J'ai beau chercher une fente du regard, impossible de me glisser entre eux. Leur étreinte est étanche et m'interdit de m'infiltrer. Je reste debout, sans bouger, sans parler, ne sachant que faire de mon amour sans importance. J'aimerais leur cracher au visage ma frustration. La rébellion n'est pas une option. Seuls les enfants sûrs de l'amour de leurs parents se rebellent. Les autres s'écrasent et survivent.

— Ah, te voilà ! me dit-il. Ne reste pas debout comme un coton-tige. Assieds-toi à ta place. Maman t'a fait ton plat préféré. Steak haché-purée !

Je m'installe sans un mot. Ma mère nous sert à manger en riant de la comparaison. Je me sens nul et ridicule. Papa débouche une bouteille de vin. Il n'y a que trois couverts à table…

— Alors, c'était comment l'hôpital ? me demande ma mère en s'asseyant à nouveau.

— Comme ici… Steak haché-purée… Quelques visites en plus. Pourquoi tu n'es pas venue me voir ?

— Ton père est venu, non ? Il fallait bien que quelqu'un s'occupe de la maison.

— Il est où, Enzo ?

— Tu poses beaucoup trop de questions, grommelle mon père en me fusillant du regard.

Le silence et la nuit envahissent soudainement la cuisine. Mes parents me regardent sans rien dire.

— Là où il se trouve, il ne te tapera pas dessus. Ce n'est pas ce que tu voulais ? reprend-il, menaçant.

— Il est puni ?

— C'est ça, il est puni, confirme ma mère. Finis ton dîner, tu dois être fatigué. Prends ta douche et couche-toi.

Pour la première fois de ma vie, je m'inquiète pour mon frère. Moins de sa santé que de son absence. Son existence nocive m'a toujours servi de paratonnerre à la violence de notre père. Il prenait les coups. Je les évitais. Jusqu'à présent, je le sentais. Aujourd'hui, je le comprends.

Le dîner terminé et mon besoin de tendresse en bandoulière, je m'échappe après le traditionnel bisou qui s'écrase mollement sur la joue qu'ils me tendent machinalement. Avant de rejoindre ma chambre, je parcours notre étage. Nulle trace de mon frère. Son lit est fait, ses affaires d'école rangées sur le bureau, son cartable au sol. Normalement, c'est le bordel chez lui. La propreté, c'est louche. Par la fenêtre, aucune potence, aucune croix plantée dans le jardin… L'angoisse me fait divaguer et imaginer le pire. La chambre de mes parents au-dessus de la nôtre est interdite, je n'ai pas le courage de la visiter. Je grimpe quelques marches. J'écoute attentivement. Aucun bruit. Je monte encore. Mon frère s'est évaporé. La peur de ses coups aussi. Une tension nerveuse, plus terrible encore, l'a remplacée.

J'entends mon père quitter la cuisine pour attaquer l'escalier. J'ai juste le temps de regagner ma chambre et de m'asseoir à ma table de travail. Ses pas s'arrêtent devant ma porte.

— Tu es couché, Marco ?

— Je prépare mes affaires d'école pour demain.

— Il est temps d'aller au lit.

Je sors de ma chambre pour rejoindre la salle de bains. Mon père se trouve devant moi.

— Tu m'as fait peur, papa !

— Pourquoi tu sors de ta chambre ?

— Je… je vais me brosser les dents.

— Va te coucher ! ordonne-t-il.

Je ne comprends pas pourquoi mes parents traînent à la cuisine. Normalement, ils rejoignent rapidement leur étage après le dîner. Je m'allonge en haut des marches et me mets à observer. La porte de la cuisine s'ouvre. Tous deux se dirigent vers l'escalier menant au garage. Ma mère ferme la marche avec un plateau-repas. Je descends sur la pointe des pieds. Aucun bruit, j'ouvre à mon tour doucement la porte. Une faible lumière s'échappe de la cave. Je décide en tremblant de jeter un coup d'œil. Tout en bas, j'aperçois les mules Chanel de ma mère et les souliers de mon père. Devant, allongées sur le sol, des jambes adolescentes posées sur un mauvais matelas. Des chaussettes de tennis sales mal remontées sur les chevilles.

— J'espère que ce chemin du silence te fait du bien ! Je ne comprends pas d'où te vient ta violence… Mais c'est l'opportunité de la laisser derrière toi, explique mon père.

— Mange vite avant qu'on éteigne la lumière ! ordonne ma mère.

— J'ai une bonne nouvelle pour toi, reprend-il. Je vais m'impliquer dans ta réussite scolaire. On va travailler les mathématiques ensemble. On s'y met dès ce week-end.

— On va t'aider à avancer dans la vie, enchaîne-t-elle, sans y croire.

Mon frère ne dit rien. Seuls les nerveux coups de fourchette sur la faïence indiquent sa présence. Mes parents le regardent manger en silence. Je retiens ma respiration, me décale dans le couloir pour ne pas me faire repérer. L'escalier est sordide. La porte rouge matelassée, inquiétante.

— Tu as fini ? demande ma mère.

— Oui, il a fini, conclut mon père.

Maman s'avance vers Enzo, je devine qu'elle reprend le plateau. Une petite voix hésitante, à la terreur enfantine, émerge avec difficulté du silence de la cave.

— Vous… vous pouvez laisser la lumière ?

— On y va, répond mon père.

Tous deux s'engagent dans l'escalier. J'ai juste le temps de me cacher près du poster de Vanessa Paradis dans sa cage.

— Profite de ta punition ! Laisse ta noirceur aux ténèbres ! sermonne mon père en refermant la porte à double tour derrière lui.

Il presse un interrupteur que je n'avais jamais remarqué et, ensemble, ils disparaissent dans la lumière moite du rez-de-chaussée. L'endroit m'écœure. Malgré moi, j'ai de la peine pour mon frère. Je veux qu'il souffre, mais là… Combien de temps a-t-il passé à la cave dans le noir ? En collant mon oreille sur l'embrasure de la porte, il me semble l'entendre pleurer et répéter sans fin les mêmes mots. Il est temps de regagner ma chambre. J'ouvre doucement la porte du rez-de-chaussée, puis décide de faire demi-tour. Je descends quelques marches, trouve l'interrupteur, le presse. Un rai de lumière glisse sous la porte matelassée. Ses ânonnements se sont arrêtés. Les pleurs continuent. Ça me suffit.

Au rez-de-chaussée, tout est tranquille. Mes parents ont dû rejoindre leur chambre. Je remonte prudemment, attentif aux moindres bruits. La voix de mon père déchire le silence :

— Il n'est pas dans son lit ! hurle-t-il.

Pris de panique, je me retrouve devant la cuisine. Les pas de mon père dévalent l'escalier. Mon cœur s'accélère. Je vais me faire défoncer.

— Qu'est-ce que tu fais là ? menace-t-il en s'avançant, prêt à me frapper.

— Je… je… n'arrive pas à dormir. J'ai mal à la tête. Je viens chercher tes cadeaux. La lecture de la Bible va me faire du bien, dis-je en m'emparant des deux livres posés sur la console.

— Tu n'as rien à faire ici ! Tu vas te coucher ! Si je te revois en train de traîner, tu vas le regretter !

Mon père m'escorte à ma chambre. Quand il me voit dans mon lit feuilletant la Bible, il part… Je me détends enfin. Le livre sacré pèse une tonne sur mon buste. Je le pose au sol. J'éteins. Je souris dans le noir. Mon frère pleure dans la lumière. Le contraste me plaît. Une dernière phrase de la Genèse éclaire la pièce : « Qu'as-tu fait ? La voix du sang de ton frère crie jusqu'à moi depuis le sol. »

Je m'en fous. Personne ne viendra me taper cette nuit. C'est déjà ça.

6

À 7 heures, je suis devant le collège.

Il fait encore nuit. Mon regard enjambe les barres d'immeubles et se perd dans la Voie lactée. Un infini ailleurs…

— Je te l'avais dit, il vient toujours super tôt !

— Tu dors dehors ? T'as pas de chez toi ? Tu es un clochard, en fait !

— Il ne peut pas se passer de la prof !

— Et Dolly ? T'es trop con ! Pour une fois que quelqu'un veut bien de toi ! Reviens sur terre, tu sors avec une bombe atomique ! Tu n'en auras pas d'autre !

— C'est vrai ! Avec Dolly, t'as utilisé ton quota de meufs pour toute la vie !

L'arrivée tout en légèreté de Chris et Mohammed me tire de ma rêverie. Je les prends dans mes bras, les tiens serrés contre moi.

— Je suis trop content de vous voir, les mecs !

— Comment ça se passe avec ton frère ? Il ne t'a pas tué cette nuit ? s'inquiète Mohammed.

— Non, ça ne risquait pas…

— Tant mieux ! Ton père s'est occupé de lui ? Il mérite des claques, franchement !

— Tout va bien maintenant ! Merci, les gars. Vous êtes super ! Sans vous…

Impossible de trouver les mots pour finir ma phrase. Impossible d'expliquer ce qui se passe à la maison. Impossible de parler de mes parents, de mon frère, de moi… Et par où commencer ? Les paroles sont bloquées dans ma gorge. J'aimerais les tousser, les vomir, les pleurer. Les coups ont noué mes cordes vocales depuis longtemps.

— J'organise une fête demain à la maison. Vous venez et vous restez dormir ! annonce Mohammed.

— C'est ton anniv ?

— On ne fête pas les anniversaires chez les musulmans. C'est une fête de mécréants !

— Mais t'es pas né un 30 janvier ?! C'est demain ! Tu mens à ta religion, en fait !

— C'est un hasard si mes douze ans tombent le jour où j'organise une fête à la maison. Marc, tu es invité, bien sûr ! Chris était invité, mais il est trop con. Du coup je ne sais pas s'il va venir.

— Ta grande sœur sera là ? Je l'aime trop depuis que je l'ai vue chanter à la télé !

— Chris, je vais te fumer si tu manques de respect à ma famille ! Tu vas finir la soirée dans le canal de l'Ourcq avec des grolles en béton ! Je ne sais plus où j'en suis…

— Ton anniv, demain.

— Bon, tu viens à 15 heures. On fait la fête. Vous restez dormir. Et puis, bonne nouvelle pour toi, Dolly sera là…

— Elle reste dormir aussi ? Y aura des meufs ?

— Chris, tu as cru que tu allais niquer chez moi ? Au beau milieu de ma famille ? Non, bien sûr, elle ne reste pas dormir. Quel boulet !

— Je vais demander à mes parents. Ils accepteront sans doute, dis-je pour conclure l'échange. Ils s'en tapent, de toute façon. File-moi ton adresse.

— Je te l'ai notée sur un papier. Tiens, si on t'emmerde dans la cité, tu dis que tu viens à la fête de Mohammed Ben Abdelaziz. Tout le monde connaît.

En leur compagnie, le temps passe vite. Les élèves sont assemblés devant les grilles. Les portes s'ouvrent. Nous entrons. Dans la cohue, une main saisit la mienne. Dolly se tient à côté de moi. Le jour s'est enfin levé.

Pourtant, je ne dis rien. Alors, je glisse mes doigts entre les siens, m'accroche à elle et me laisse porter jusqu'à nos places d'écoliers.

Déjà, la journée au collège se termine. Il me faut quitter mes amis, Dolly à qui je n'ai rien dit, rentrer à la maison et retrouver ma famille. J'ai beau marcher lentement, je finis par arriver…

7

À la maison, tout est calme. La chambre de mon frère est éclairée. Mon père a dû le libérer. Tout à coup, le tube « YMCA » de Village People déchire le silence. L'énergie de la chanson m'emporte malgré moi. Mon père sort du salon en dansant comme s'il ne s'était rien passé. Il s'approche et dépose un baiser sur mon front. Son déhanchement est douteux. Ses longs bras battent l'air comme les ailes d'un albatros qui aurait heurté en plein vol le mât d'un navire.

— *Vai, Marco ! Balla con me ! È semplice ! Guarda ! « YMCA » !*

— Mohammed m'invite demain à fêter son anniversaire ! hurlé-je en me trémoussant. Il m'invite à dormir !

— Marco, tu fais ta vie ! répond-il en brassant l'air. Tu me laisses l'adresse et le numéro de téléphone et tu es à la maison dimanche à 9 heures pour la messe !

Notre conversation me semble surréaliste. Mon père ne pense pas. Il se dépense. Sur un dernier couplet, je me retire. Je ne supporte plus cette musique. Elle est bien trop joyeuse pour notre vie si triste.

À l'étage, mon frère est à sa table de travail. Il essaie de rattraper les cours de la semaine. Quand je passe dans le couloir pour regagner ma chambre, j'entends sa chaise racler le sol. La peur m'envahit.

— Marc, c'est… c'est toi qui as allumé la lumière hier soir ?

Enzo a les traits tirés. D'une pâleur cadavérique. Son hésitation dans la voix cache une pointe de terreur, à peine dépassée.

— Oui.

— Merci. T'as de la chance de ne pas t'être fait choper. Tu… tu ne t'imagines pas…

Je regagne ma chambre sans chercher à en savoir davantage. À chacun ses angoisses. Je branche ma radio, attrape un livre, *Le Hobbit*, et décide de partir en voyage vers la Montagne solitaire en compagnie des nains et de Gandalf. Malgré la musique et la lecture, mes sens sont en alerte quand mon frère se trouve à proximité. La terreur d'un jour, c'est l'arsenic de tous les jours. À côté, on s'agite. Je baisse le son, jette un coup d'œil. Papa a rejoint Enzo. Tous deux sont assis face au bureau, livre et cahier de mathématiques ouverts. Mon père, dans sa blouse blanche, se tient dans l'ombre, droit comme un I. Mon frère baigne dans la lumière rasante de sa lampe de travail. Son corps se recroqueville dans l'épouvante de la folie qui l'observe. Je regagne ma chambre. Il est sous mauvaise garde. Je le laisse à sa peur et retrouve Bilbo sur les berges d'un lac souterrain dans les Montagnes brumeuses. Mon héros joue sa vie sur un jeu d'énigmes avec Gollum. Comme Enzo dans la pièce à côté. À la question : « Qu'est-ce qu'il y a dans ma poche ? », le hurlement de mon père traverse le mur et sa colère se confond avec celle de la créature. Je reste concentré sur ma lecture, mais la chaise de mon frère crisse sauvagement, secouée par une énergie qui n'est pas la sienne. J'aimerais tant être ailleurs, ne rien entendre. Pourquoi les cloisons sont-elles si fines ? Je referme mon roman, décide d'écrire une lettre à Dolly. Je la lui remettrai demain. Le bonheur de la retrouver gomme toutes mes peurs.

Tu es la comète qui éclaire l'univers
Je suis l'astre errant sans lumière

Un claquement sec déchire le fragile paravent de musique et de mots que j'avais dressé. Le corps de mon frère vient de heurter le sol lourdement. La chaise vole à l'autre bout de la pièce.

Tu es la montagne qui caresse le ciel
Je suis le sable poussé par le vent

Hurlement. Enzo se rassied sans un mot. Les mathématiques ne sont plus son problème.

Tu es la roche en fusion
Je suis les cendres noires

Je me dépêche d'écrire. Écrire, c'est ne pas entendre. Mon frère a trop peur pour pleurer.

Tu es l'oiseau dans le ciel
Je suis la voile sans le vent

Nouveaux coups, nouveaux cris. La chaise s'écrase contre le mur. Enzo se relève moins vite. La porte vient de s'ouvrir en bas. Ma mère est rentrée.

Tu es le crayon arc-en-ciel
Je suis à tes côtés, mine de rien...
Et chaque jour, j'écris ton prénom.

Je bondis de mon siège et me précipite dans l'escalier à sa rencontre. Le long bras de mon père vient de s'abattre à nouveau comme un fouet. Le cours de soutien n'est pas terminé...

Je retrouve ma mère dans la cuisine, où elle dépose ses courses sur la table.

— Maman, viens vite ! Papa fracasse Enzo !

— Qu'est-ce que tu racontes ? dit-elle, nullement inquiète.

Elle accroche son manteau à la patère de l'entrée et, devant mon insistance, décide d'aller voir ce qui se passe. Nous montons les marches lentement. Je lui agrippe la main. À l'étage, le cours de mathématiques se termine sur une nouvelle torgnole. Enzo est envoyé valser une dernière fois et vient s'écraser sur le palier. Il ne bouge plus. Ma mère pourrait se dépêcher d'aller le relever. Non, elle s'arrête. Sa main serre la mienne. Elle a peur. Mon père sort de la chambre, le regard fou. Sanglé dans sa blouse blanche, il contemple son petit monde et sort un étrange :

— Il ne comprend rien aux maths !

Il enjambe mon frère, descend l'escalier et va retrouver la lumière noire de son univers qui n'éclaire que lui. Maman descend à son tour et va préparer le dîner. Je relève mon frère. Il a repris ses esprits. Une traînée de sang balafre son visage. Il a du mal à pleurer. Sa chambre est un champ de bataille. Je l'emmène dans la mienne, le temps qu'il se reprenne. Il s'effondre sur mon lit. Bien installé face à lui, j'observe sa détresse. J'éprouve un plaisir vénéneux à le voir en pleurs.

8

Entre mon quartier bourgeois et la cité se trouve l'école, médiane de toutes les rencontres et de tous les possibles. Au-delà, la vie se concentre, les rues se resserrent. Les petites échoppes fleurissent sur le béton. Les couleurs tourbillonnent. Les langues s'inventent. Tout à coup, la tectonique des classes sociales pousse une barre d'immeubles vers le ciel. Je suis arrivé à la cité Normandie-Niemen.

Je trouve rapidement l'appartement de mon ami. Ici, tout le monde se connaît. À la sortie de l'ascenseur, au dixième étage, la musique raï de Cheb Khaled se fait entendre. Le blues rebelle d'Oran fait danser mes pas. La porte au fond du couloir est grande ouverte. La maman de Mohammed m'accueille en me prenant dans ses bras. Sa robe traditionnelle m'enveloppe de ses couleurs et, si l'enfant reconnaît sa mère à son sourire, je crois rencontrer la mienne. Cette femme pratique la bonté. Ses baisers sur ma joue et ses caresses dans mes cheveux me bouleversent. Je n'imaginais pas qu'il y aurait autant de monde. Accroché à sa main, je déambule d'un groupe à l'autre. Des jeunes enfants s'agrippent aux moustaches blanches des invités. D'autres disparaissent dans les soieries multicolores. Une odeur de tajine au citron se mêle au parfum du thé à la menthe que le père de Mohammed offre généreusement. Les gâteaux aux amandes passent de main en main. Mohammed fait son apparition.

— Marc ! Je suis trop content de te voir ! Maman a invité la famille. Et puis, tant qu'on y était, on a aussi invité les voisins. On va faire la fête !

— Qu'est-ce que fait Chris là-bas à côté de cette jolie fille ?

— Cette jolie fille, c'est ma sœur, tu sais, la chanteuse. Il est collé à elle comme un clébard depuis qu'il est arrivé.

— Il n'a peur de rien ! Elle a deux fois son âge !

Nous rejoignons notre ami.

— Chris ! Tu vas bien ?

— Salut, Marc, je te présente ma copine Yasmine.

— C'est toi, Marc ? questionne Yasmine, tout sourire. Mohammed nous parle beaucoup de toi. Sois le bienvenu !

— Oui, sois le bienvenu chez nous ! reprend Chris.

— Chez nous ?

— Ben, c'est ici qu'on va vivre avec Yasmine, avant de prendre notre appart !

— T'es ouf de la tête ! reprend Mohammed. Yasmine, tu as le droit de le taper !

— Mais non, Christian est mignon ! Il ne doute de rien ! plaisante-t-elle en lui passant la main dans les cheveux et en lui remontant les lunettes sur le nez.

De l'autre côté de la pièce, Dolly fait son apparition. Son sourire m'aimante. Je la prends dans mes bras. La musique raï tourbillonne et les murs blancs d'Oran la radieuse se dessinent. L'après-midi passe en un clin d'œil. Porté par les chants, l'ambiance, la chaleur, la gentillesse, j'arrive à parler. Je dis n'importe quoi. Cela la fait rire. Je suis aux petits soins avec elle. Nous trinquons au jus d'orange, partageons des gâteaux. J'admire l'empreinte de ses dents sur un *kroki*. Un demi-cercle parfait ! Impossible de le manger. Je le dépose sur une serviette blanche dont je replie précieusement les quatre coins, le glisse dans ma poche. Je le regarderai pour penser à elle quand elle ne sera pas là. Elle se moque gentiment de ma folie. Je m'en fous, je veux juste la voir heureuse.

À un moment, la musique s'arrête et Yasmine s'empare d'un micro :

— Pour tes douze ans, mon petit Mohammed, je vais te chanter une chanson de chez nous !

— Je croyais que ce n'était pas ton anniversaire, s'étonne Chris.

— Ta gueule ! répondons-nous tous ensemble.

La voix de Yasmine est magnifique. La mère de Mohammed ne peut s'empêcher de pleurer. Son père a du mal à cacher sa fierté. Chris est bouleversé.

— Mohammed, tu peux lui demander de chanter quelque chose pour moi ? Elle est encore plus belle en vrai qu'à la télévision !

Mohammed est un bon ami. À la fin de la chanson, après les applaudissements, il parle à sa sœur.

— Et pour mon nouvel ami, Chris, une chanson de Patricia Kaas… « Mon mec à moi », annonce-t-elle au micro.

— Elle a dit quoi ? questionne Chris, dubitatif.

— Elle a dit qu'elle chante pour toi, son mec à elle.

— Sérieux ? balbutie-t-il sans y croire.

En début de soirée, Dolly doit rentrer chez elle. Je décide de la raccompagner. Nous quittons la fête. Je pourrais marcher des heures avec elle… Nous ne disons rien. Je me risque à prendre sa main. J'ai l'impression de faire un truc de dingue. Je ne vois rien du trajet et passe mon temps à l'observer.

— Pourquoi tu regardes mon nez ? dit-elle en passant ses doigts dessus.

— J'adore te voir respirer.

Une fois à destination, le tintement métallique des clés entre ses doigts sonne la fin du bonheur. Je risque un baiser, tout en douceur, tout en curiosité, où l'on révèle à l'autre un secret plus grand que le ciel.

— Je dois partir. Dis-moi quelque chose de gentil !

— J'ai envie… d'habiter tes oreilles !

Notre promenade nocturne se termine sur un sourire. Ses doigts effleurent ma joue. Dolly disparaît dans la nuit. Le demi-*kroki* est toujours dans ma poche.

De retour chez Mohammed, le raï, les guitares, les trompettes, les percussions se jouent du temps qui passe, de la fatigue des corps. Les notes s'accrochent aux secondes pour les retenir. Nous dansons jusqu'au bout de la nuit. La mère de Mohammed vient finalement nous coucher. Elle embrasse chacun d'entre nous, un mot gentil, une caresse. Et quand nous nous endormons, ça danse et ça rit encore dans l'appartement.

Je demande à Mohammed de mettre son réveil pour 8 heures. Mon père me réclame pour la messe dominicale. Chez nous, les habitudes, c'est le néant du quotidien…

Le sommeil ne vient pas. Les questions se bousculent. Je repense à la famille de Mohammed. Sa mère, si douce, si bienveillante, ses baisers sur mes joues et sa main dans mes cheveux. Son père, la lumière de son visage, ses sourires. Le charme et l'humour de Yasmine. Le désintérêt maternel n'est pas une fatalité. La folie paternelle non plus. Les relations entre frères et sœurs peuvent être harmonieuses. Mon monde de violence se fissure. Mes stratégies de survie me semblent dérisoires. Mes sens sont toujours en éveil à la maison. Je sais détecter les infimes vibratos de la folie dans le raclement d'une chaise, le poids de la main sur la poignée de l'entrée, le grincement de la porte du garage. Mon esprit est l'équivalent d'un détecteur de fumée, toujours en alerte, tourné vers l'extérieur. J'ai déserté mon monde depuis longtemps et, les rares fois où je m'y aventure, c'est pour me cacher. Pourtant, il y a du grandiose à aimer et à être aimé. Je n'ai connu que la peur. Il me reste à découvrir l'amour.

Dans le couloir, ma mère monte se coucher la dernière. Elle ne s'arrête jamais pour nous embrasser. Ce soir, ce sera différent.

— Maman !

Aucune réponse. Pourtant, elle a interrompu son ascension.

— Maman !

— Qu'est-ce qu'il y a, Marc ? me répond-elle à travers la porte.

— Viens me coucher !

— Je suis fatiguée.

— Viens !

Enfin, la porte s'ouvre. La silhouette féminine de ma mère se dessine dans la lumière du couloir. J'aurais tant donné pour avoir droit à ce spectacle tous les soirs.

— Viens ! Passe un peu de temps avec moi.

— Qu'est-ce que tu veux ? dit-elle en s'asseyant au bord du lit, les bras croisés sur sa poitrine.

— Pourquoi tu ne m'aimes pas ?

Aucune réponse.

— Pourquoi papa est si violent ? Pourquoi tu ne me parles jamais de tes parents ?

— Marc, je vais me coucher. Je me lève tôt demain.

— Réponds-moi !

— Je n'ai pas envie de parler de ça.

— Dis-moi !

— Ils sont morts dans un accident de voiture… J'avais ton âge… J'étais à l'arrière…

— Je suis là, moi !

— Pardon, Marc. Je ne suis pas très tendre avec toi. Je suis désolée. Je ne sais pas aimer. J'ai trop peur de vous perdre.

Les larmes envahissent mon visage. Les questions se bousculent et se perdent dans ses yeux où la scène se rejoue. Je donnerais tout pour la rendre heureuse !

Sa main s'égare un instant dans mes cheveux. Sa manche de soie bleue caresse ma joue. Lentement, elle se penche sur moi et dépose un baiser sur mon front. Ses cheveux glissent sur sa nuque et viennent recouvrir mon visage. Son parfum m'offre alors ses touches de jasmin, de rose, de muguet. Rien que pour moi. Maman se redresse. Sa main me quitte. La porte se referme.

9

Rien ne change. Ma mère nous ignore. Mon père torgnole mon frère à l'envi. Enzo se venge sur moi les mercredis. La peur m'habille tous les matins, déshabille mon frère tous les soirs. Le calme revient quand il disparaît. Je reprends mon souffle quand lui le perd. De sombres idées d'actions nocturnes, de couteaux et de mort-aux-rats me traversent l'esprit.

Nous sommes en avril, mais l'hiver joue les prolongations. Une vague de froid recouvre la France. Le jour tarde à se lever. À ma grande surprise, je ne suis pas le premier à arriver à l'école : deux élèves de sixième sont installés sur un banc à discuter. Je m'assois sur un autre banc, à côté, et laisse mon regard se perdre dans les promesses du ciel, ses lumières, l'infini.

— C'est toi qui t'es fait tabasser par ton frère ? me demande l'un d'eux. On était là. Quelle branlée !

— Au dernier coup, ton crâne a fait un drôle de bruit. On aurait dit qu'il éclatait comme une noix de coco !

— Et si vous fermiez vos gueules ?

— T'as des séquelles ?

— Il est cinglé, ton frère !

— Occupez-vous de vos fesses !

— Calme-toi, connard ! On n'y est pour rien.

Je bondis sur eux. Envie de faire mal. Pour une fois, je ne serai pas celui qu'on fracasse. Coups de poing au visage, coups de pied dans le ventre, ils sont à terre, pissent le sang, me supplient d'arrêter. Je m'en fous, je n'entends rien. Je les frappe sans réfléchir. Je perds le contrôle. Quel plaisir de les défoncer ! J'arrache leurs cartables, les vide sur leurs gueules de merde. Les cahiers se répandent sur le bitume. Si j'avais de l'essence et un briquet, je cramerais tout.

— Si vous l'ouvrez sur ce qui vient de se passer, je vous tue. C'est clair ?! Tous les matins, vous m'amènerez de la tune ! Sinon je vous retrouverai et je vous ferai payer autrement !

Je ne suis plus le gamin qui se fait dérouiller les mercredis. Je contrôle, on m'écoute. Les deux gosses se sont relevés. Ils pleurent toujours, essuient le sang sur leur visage et ferment enfin leur gueule. Ils ramassent comme ils peuvent leurs affaires. Demain est un jour nouveau : je recevrai mes premiers euros !

La semaine se poursuit. Je m'interdis de penser au mal que j'inflige. J'enterre ma culpabilité avec difficulté. Elle explose quand je me perds dans les yeux de Dolly. Son amour me met mal à l'aise. Les gosses sont terrorisés. Ils pourraient réagir, se plaindre, mais ne le font pas. Se faire tabasser, c'est voyager en pays étranger : quand vous ne parlez pas la langue, vous vous écrasez.

Les deux premiers jours, ils m'apportent l'argent sans broncher. Je suis surpris, mes menaces suffisent à les contraindre. Je ne mesure pas bien l'étendue de mon pouvoir, mais je me sens fort et puissant. Je suis du bon côté des poings.

Le troisième jour, l'un des deux ne se présente pas à notre rendez-vous. Je le retrouve dans la cour. Il n'a pas d'argent. Il m'a donné tout ce qu'il avait. Pour le faire réfléchir aux risques qu'il prend en me désobéissant, je le saisis par son écharpe, le colle au grillage, passe les deux extrémités dans les trous et fais un nœud serré. Le gamin a du mal à respirer. Impossible pour lui de se détacher.

— Je viendrai te libérer à la fin de la récré. D'ici là, réfléchis ! Je ne pourrai pas te protéger de moi tout le temps !

Je quitte l'endroit obscur où nous nous trouvons. Ses pleurs me mettent mal à l'aise. Une heure plus tard, je suis en cours. Par la fenêtre, l'un des élèves remarque le gamin accroché au grillage. Je l'ai complètement oublié. Un enseignant se précipite à son secours. Ma respiration s'accélère. La panique m'envahit. Je suis tout seul à ma place quand les autres sont collés aux vitres. On finit par se rasseoir. Le spectacle est terminé. Mohammed et Chris me demandent pourquoi je suis blanc comme un linge. Dolly s'inquiète pour moi.

Quinze minutes plus tard, le directeur fait irruption dans la salle. Il me demande de le suivre : je suis le tortionnaire. Le regard de la classe qui pèse sur moi est un étrange mélange d'admiration, de peur et de dégoût. Je quitte mes amis. Dans le bureau du directeur, je ne dis rien. Je n'arrive pas à parler et me retrouve à nouveau puni comme un chien, debout devant la porte. À la pause de midi, les professeurs viennent me faire part de leur immense déception. Personne ne comprend comment un des meilleurs élèves de l'école, jusque-là sans histoire, peut se comporter de cette façon. Tout le monde a oublié mon séjour à l'hôpital… Le directeur m'annonce mon exclusion pour deux semaines. Mon père va venir me chercher. Je suis terrifié. Je me pisse dessus. Le directeur ne comprend pas ma panique. Il esquisse une question qui se perd dans la sonnerie de son téléphone. Au bout du couloir, le visage de mon frère se dessine. Il a l'air inquiet pour moi.

10

Le ciel devient noir. Une froide averse éclate brusquement et se déverse sur le collège. Les gouttes zèbrent les vitres. La grille vient de s'ouvrir. Mon père s'engage dans l'allée. Ses longs bras battent l'air comme les lanières d'un fouet. La pluie ne le dérange pas. Les éclaboussures sont pour les autres. Son visage émacié n'exprime aucune émotion.

Le directeur sort de son bureau pour l'accueillir. Je me tiens debout, puni, à côté de lui. Sans un regard pour moi, la discussion s'installe. On constate ma déchéance sans la comprendre. Le directeur suggère à mon père de me faire consulter un pédopsychiatre. Et d'y emmener mon frère aussi. La conversation entre les deux hommes est surréaliste. De temps en temps, le principal se fend d'une question sur les raisons qui m'ont poussé à terroriser les élèves. Le regard de mon père me couvre alors de son manteau de plomb et me laisse sidéré.

Le directeur me conduit dans ma classe pour que je récupère mes affaires. La pisse sur mon pantalon a séché, mais l'odeur de la honte est forte. La porte s'ouvre. Le silence de tous les élèves accompagne mes gestes. Je referme mon cartable. Je n'ose regarder mes amis et quitte à regret cette place où je me sentais si bien.

Le directeur me livre à la vindicte paternelle. Nous marchons sans un mot sous la pluie. Arrivé à la voiture, mon père balance mon cartable dans le coffre, hésite à me faire suivre le même chemin. Me voici sur la banquette arrière. À l'abri du rideau de pluie, il se laisse aller et, dans le fracas des coups, sa colère s'abat sur moi.

— Alors, Marco, tu as le diable au corps ? Ta violence sort de l'ombre ? Profite de la lumière du jour, me lance-t-il en italien en faisant démarrer la voiture. Mais avant, je dois passer au funérarium. Et tu vas m'accompagner. J'ai dû interrompre les soins. Il faut que je finisse mon travail, la famille de la défunte doit venir la veiller en fin de journée.

Sonné, le nez en sang, je rassemble mes esprits. Mon père se gare devant le funérarium, m'ordonne de le suivre. J'obéis sans résister. Ma peur sans réaction est mon ultime lâcheté. Je me dégoûte. Mais à quoi puis-je m'accrocher du haut de mes onze ans ? Sous chacun de mes pas s'ouvre un abîme. La lumière du bâtiment est blafarde. Au bout du couloir, mon père enfile sa blouse blanche, la même qu'à la maison, l'odeur de formol en plus. Je revêts celle qu'il me tend. Une dernière porte et la mort fait son apparition dans le confort flasque d'un corps de femme âgée, étendu sur une table en inox. Sa nudité me met mal à l'aise. Ses jambes flétries révèlent de larges hématomes. Une plaie balafre son bras droit, le sang ne coule pas. À notre arrivée, je pensais qu'elle allait se lever pour s'habiller. J'ai beau fixer sa bouche, l'air ne circule pas. J'étouffe avec elle.

Mon père prépare ses affaires. Quand il est prêt, il me regarde, sourit, plonge la main dans sa poche, en sort une télécommande, appuie sur une touche et la musique de Village People envahit la pièce. Il passe à la toilette mortuaire, lave le corps à l'eau et au savon. À quoi pense-t-il quand il nous met la même musique à la maison ? La réponse claque :

— Les morts comme les vivants ont le droit de faire la fête ! explique-t-il sur un pas de danse.

Il obstrue les orifices naturels avec du coton, suture la mâchoire au palais pour la garder fermée. Le corps, la musique, ses mouvements, tout me dérange.

— Regarde, Marco, cette dame est belle maintenant. On la croirait vivante. Sa famille, ses amies vont pouvoir lui dire au revoir. Moi, je n'ai pas pu faire mes adieux à ma mère… Chacun devrait pouvoir faire ses adieux à ceux qu'il aime. Qu'est-ce que tu en penses ? me demande-t-il en plantant ses yeux dans les miens.

Impossible de répondre. Quelle est son histoire ? Après les révélations de ma mère, je ne suis pas sûr de vouloir savoir.

La dépouille est recouverte d'un drap, transférée dans la chambre mortuaire, habillée et préparée. Nous retirons nos blouses et mon père va accueillir la famille qui attend dans la pièce voisine. Nous quittons l'endroit pour regagner la maison. Je m'empresse de retrouver ma chambre. La journée n'est pas finie, et quinze jours d'exclusion m'attendent… En bas, la musique de Village People crache son immonde routine. C'est au tour des vivants de faire la fête.

Les heures passent. Je m'attends à chaque seconde à la visite de mon père. Enzo rentre enfin de l'école. Il pousse la porte de ma chambre. Ma présence semble le rassurer.

— Il ne faut pas qu'ils t'enferment à la cave ! C'est trop dur ! Tu ne tiendras pas !

Ma mère fait son apparition à la nuit tombée. Les échos de la conversation de mes parents serpentent jusqu'à moi et je devine qu'ils évoquent mon sort et la peine que j'encours. Je n'arrive pas à me concentrer sur les pages que je tourne.

Enzo les rejoint dans la cuisine pour le dîner. Je ne sais pas quoi faire. Une heure plus tard, il retourne dans sa chambre. Les lumières s'éteignent progressivement. Les pas de ma mère dans l'escalier… Elle regagne son étage sans s'arrêter devant ma porte. Un silence pesant envahit la maison. J'envisage de me barricader. Mes affaires ne résisteront pas de toute façon. Chaque bruit est un supplice, un éclat qui déchire la nuit. Tous mes sens sont en alerte. Je m'en veux tellement d'être si fragile. Enfin, un son mécanique se fait entendre. Les marches grincent. Les ténèbres ont pris possession des lieux. Derrière ma porte, on s'est arrêté. J'entends une respiration. On vient me chercher. La poignée de ma porte s'abaisse. Un cri déchire la nuit. Un corps dévale brutalement l'escalier.

Puis plus rien…

II

11

Vingt-cinq ans plus tard

— Katia.

— Jean.

Deux mots, deux mensonges. Ce n'est pas vraiment son corps. Ce n'est pas vraiment ma misère sexuelle. Pourtant, les deux se rencontrent dans cette chambre du 8ᵉ arrondissement. Une première pour moi.

C'était plus simple il y a deux heures. Un site d'escorts. Des photos. Assise, debout, nue, en talons aiguilles, jambes écartées, avec ou sans guêpière. Toujours souriante. Des spécialités comme un menu de restaurant. French kiss, anal… Promesse d'une extase garantie avec une fille qui aime ce qu'elle fait et qui fait tout.

Deux textos et l'affaire est réglée. À l'adresse indiquée et à l'heure dite, je reçois le code de la porte d'entrée. Je peux toujours partir… Mon rythme cardiaque s'accélère. J'hésite. Caroline… Ma culpabilité exhume des souvenirs. La pureté de son sourire, les fleurettes dans ses cheveux le jour de notre mariage, notre serment quinze ans plus tôt. Mon alliance me brûle l'annulaire. Je la retire, la range dans mon portefeuille. J'ai tout essayé pour que cela marche entre nous. Tout, sauf une prostituée… Une inconnue comme axe de liberté. Pour se défaire de la dépendance et de l'écrasement. Pour ne plus demander. Pour ne plus gratter à la porte le soir dans l'espoir d'accéder à son sexe. Pour envoyer paître son non-vouloir. Pour oublier les premiers cheveux blancs. Pour se défoncer à la drogue douce de la jeunesse. Pour bander quand je veux. Pour tout envoyer au diable, à commencer par mon corps.

Je compose le code. L'excitation m'emporte au troisième étage, porte droite. J'éteins mon téléphone. Je sonne. Elle peut encore ne pas répondre. Elle ouvre la porte. C'est elle.

— Bonjour. Comment… comment cela se passe ?

— Deux cent cinquante euros.

Je pose l'argent sur la table. Elle le compte.

— Une douche ?

— Oui.

Je dépose ma veste de costume sur une chaise, déboutonne ma chemise en osant la regarder, fais sauter mes chaussures sans les délacer. Me voici en boxer. Son corps m'intimide. Elle l'a posé sur le lit dans son écrin de soie et de résilles bon marché. J'hésite à me dénuder. Je me rends dans la salle de bains, retire mon sous-vêtement, le place sur la vasque en béton rose, me glisse dans le bac de douche, me lave nerveusement. L'impolitesse du sexe tarifé me met mal à l'aise. Passer en trente secondes du non-dit au tout nu, c'est trop pour moi. Je la rejoins, la serviette autour de la taille.

Elle m'invite à m'asseoir à côté d'elle. Son odeur me plaît. La serviette tombe. Elle m'embrasse. Mon désir monte. Je me libère. Mes doigts enserrent, caressent, explorent. Je veux prendre du plaisir. Elle en donne. Son corps s'échappe pour s'occuper du mien.

— Nature ou avec ?

L'indécence de sa question m'embarrasse. Les mots sont à la fois trop précis et hors sujet.

— Avec...

Elle prend mon sexe en bouche et, comme par magie, le préservatif est déroulé. L'excitation me gagne. Enfin, je suis sur elle, en elle. Nos corps s'emmêlent. Notre humanité s'en mêle. J'ose l'impossible, l'embrasser dans le cou. Elle ose l'improbable, glisser ses doigts dans les miens. Et quand enfin j'explose, pendant deux secondes... je suis libre ! Libre...

— Merci.

— De rien.

De rien... C'est bien résumé.

Son regard m'indispose. Il y a de la gentillesse dans ses yeux. Je me renverse sur le dos et reprends mon souffle en contemplant les lézardes du plafond. Débarrassées de la pulsion, mes cassures émergent progressivement. Je ne sais pas ce que je fais dans ce lit. Ma présence la met mal à l'aise. Les forces centrifuges de la culpabilité m'éjectent des draps.

Je me lève, m'habille sans un mot, me débats avec les lacets de mes chaussures, retrouve l'inconfort des convenances.

Son téléphone l'accapare. Elle est prête à me virer. Je suis prêt à m'enfuir. Elle fait l'effort de se lever. Coup d'œil dans l'œilleton. Il n'y a personne derrière la porte. Elle l'ouvre doucement, s'assure du regard que les deux cent cinquante euros sont toujours sur la table, me pousse gentiment dehors... une petite tape sur les fesses.

Nous nous sommes rencontrés, aimés, quittés en vingt mots et une demi-heure. Acte comprimé à l'extrême.

Je rallume mon téléphone en descendant les marches. Je pousse la porte. Dehors, le bitume, le chaos des nuages, ma famille... Ma femme et mon fils, Caroline et Quentin. L'un m'attend. L'autre plus vraiment. Pourtant, il est 16 heures. Caroline va m'appeler.

12

Caroline Tonuiti-Delacourt adore son bureau, situé quai de Bercy, face à la Seine, non loin du ministère de l'Économie et des Finances. Le matin, quand elle entre dans l'ascenseur, on se serre pour lui faire de la place. Elle appuie sur le bouton du vingtième étage, celui de la direction générale d'Inter Télécom, leader mondial dans le domaine des télécommunications. Elle s'élève dans le ciel sans dire un mot. Jamais elle ne contemple le fleuve. Elle se réjouit de regarder ses collègues rapetisser à mesure qu'elle s'élève.

Arrivée à destination, seule, elle se retourne. Elle se voit élégante dans les miroirs de la cabine. Jambes longues, ventre plat, enchâssés dans une robe crayon noire. Elle bénit ses années à la salle de sport, sa discipline alimentaire. Brune, aux yeux bleus, coupe au carré, lèvres rouges, grain de beauté sur le menton. Elle trouve dans son sac à main son parfum Bleu de Chanel pour homme, une « fragrance qui impose son rythme ». Deux pressions. Les portes s'ouvrent. La trentaine conquérante, elle s'engage. Généreuse, elle renvoie l'ascenseur et l'arôme de son sillage autoritaire.

Son café, Nadine, sa secrétaire, ses dossiers du jour l'attendent dans son large bureau à vue panoramique. Elle prend cinq minutes, bien installée dans son fauteuil. La tour Eiffel, la tour Montparnasse sont toujours à leur place. Elle aussi. Il est temps de se mettre au travail. La journée va être longue. L'usine de fabrication de Tourcoing va fermer. Le comité d'entreprise a été informé du projet un mois plus tôt et vient enfin de rendre un avis négatif. Peu importe, elle peut maintenant licencier. Aujourd'hui, elle reçoit un à un les membres de la direction de l'usine. Ses dossiers sont prêts, la boîte de mouchoirs bien remplie. Elle demande à sa secrétaire de faire entrer le premier visiteur. En attendant, elle contemple ses ongles. Ils sont manucurés en bleu. C'est la couleur qu'elle applique toujours, la veille, à la maison, quand elle est sur le point de procéder à un plan social. Son rituel pour se préparer. Adepte de la compassion sur mesure, elle excelle dans ses fonctions de directrice des ressources humaines.

Caroline se lève pour accueillir les deux mètres grisonnants du directeur de la production. Poignée de main combative, regard droit, carrure imposante, il sera difficile à casser. L'homme évoque ses vingt années dans l'entreprise, s'inquiète pour ses équipes, les familles, les risques de conflits sociaux. Vingt minutes, c'est ce qu'il faut en moyenne à un employé pour vider son sac. Son nœud de cravate part vers la droite, gouttes de sueur sur le front, auréoles sur la chemise. C'est le moment. Elle prend la direction de la conversation. Elle connaît la loi sur le bout des doigts. Indemnité légale, salaire de référence, ancienneté, préavis. Chaque point est abordé. L'homme prend des notes. Le montant global proposé ne lui convient pas. Il reste quinze minutes. Elle accélère le rythme. Négociation rapide, prime spéciale pour éviter tout conflit social à l'usine, rationnel pour le dissuader de saisir les prud'hommes, optimisation fiscale, dernier jour dans l'entreprise. L'affaire est entendue. Elle se lève. L'homme aussi. Elle le pousse gentiment dehors… une petite tape sur la main.

Caroline referme la porte de son bureau en souriant. Une heure au total. Parfait. Gel hydroalcoolique pour se débarrasser des microbes. Elle classe le dossier et passe au suivant. Ces journées employées à licencier sont celles qu'elle préfère.

À 16 heures précises, comme chaque jour, elle s'accorde une pause et m'appelle. Cette routine pourrait paraître charmante. Elle l'était quand nous avions vingt-deux ans, à Sciences Po. Pour moi, cette conversation journalière a perdu depuis longtemps sa saveur. Je n'ai jamais rien compris aux femmes… Peut-être attend-elle que je sois écrasé, la tête dans la cuisinière, le gaz grand ouvert, pour me quitter. D'ici là, depuis quinze ans, tous les jours, à 16 heures, Caroline m'appelle.

— Allô ! Marc ? Tu n'oublies pas demain soir, nous dînons chez mon patron. Je compte sur toi pour faire bonne impression. Je vais finir tard ce soir. J'allais oublier : tu emmènes Quentin chez son ORL. Je n'ai pas le temps de m'occuper de lui. J'ai encore trois licenciements. À plus tard…

13

Notre premier cours à Sciences Po, face à face dans cette salle d'études en forme de U. Sur l'estrade, un cacique tente de briser la glace en lançant un tour de table. Il montre l'exemple et décline ses diplômes comme autant de quartiers de noblesse. La glace devient banquise. Chacun d'entre nous s'exécute maladroitement. C'est au tour de Caroline. Aucune hésitation, aucune émotion. Sa voix est ferme et claire.

— Je me nomme Caroline Delacourt. J'ai vingt-deux ans. Je mène un double cursus HEC-Sciences Po. Diplômée, je travaillerai pour un cabinet de conseil américain. Mon objectif: bien appréhender les différents secteurs d'activité, puis choisir celui qui me plaira le plus et assumer très vite des fonctions managériales. Mon appétence pour l'humain m'amènera logiquement vers la direction des ressources humaines.

Silence dans la salle. Caroline décroise et recroise les jambes. Je reprends mon souffle avec difficulté. Sa jupe courte, son pull près du corps, l'évidence de sa féminité. Ses yeux bleus, sa coupe à la garçonne, son sourire carnassier. Son élégante veste en cuir posée sur le dossier de sa chaise. La force de son caractère. Son assurance. Son avenir tout tracé. Sa pointe de dédain dans le ton m'accroche et me donne envie d'être dans sa vie. Pour moi qui doute de tout, Caroline a des allures de vérité. Il y a en elle des germes de despote. Je m'en fous, j'admire sa force. Je me laisse embarquer. Je tangue au balancement de son escarpin au bout de son pied nu. Je succombe aux contradictions de son parfum que je respire malgré les tables qui nous séparent. J'ai peur, sans savoir pourquoi. J'ai peur de ne jamais exister pour elle. J'ai peur d'un monde vénéneux de folie, d'indifférence et de violence.

— Et vous, Marc ?

— Quoi ?

— Parlez-nous de vous.

— … Marc Tonuiti. J'arrive de la Sorbonne. Je n'ai aucune idée de ce que je veux faire…

Caroline est la seule à ne pas rire.

— Mais encore ? Vous avez des passions ?

— J'aime lire.

— Quel est votre livre préféré ?

— *Tom Sawyer.*

— Pourquoi ?

— Pour les tresses de Becky Thatcher.

Ses certitudes. Mes doutes. Il n'en fallait pas davantage pour démarrer une histoire d'amour…

Nous devenons inséparables. Nous nous retrouvons au Jardin, cour emblématique située entre les bâtiments du 27 rue Saint-Guillaume et du 58 rue des Saints-Pères, que tout étudiant traverse en moyenne une fois par jour. Nous partageons un sandwich et une étrange fascination pour nos défauts réciproques. Son absence d'empathie, mes coups de cœur. Son sourire de façade, mes allures de bateleur de foire. Son extrême exigence, mon laisser-aller. Ses engagements pour la vie, mes promesses d'un soir. La perfection se trouve chez l'autre.

Ce jour-là, nous nous promenons au jardin du Luxembourg. Les arbres ondulent lentement dans les vapeurs d'automne. J'ose lui prendre la main. Elle veut la retirer. Je la serre au point de lui faire mal. Elle la laisse. Nous arrivons devant la fontaine Médicis, où Polyphème le cyclope s'apprête à écraser Acis le berger. Nos sacs d'étudiants tombent au sol… et c'est elle qui m'embrasse. Les cloches d'une église sonnent 16 heures. Nous prenons l'engagement de nous appeler tous les jours à cet instant précis pour célébrer notre amour…

Nous arrivons dans sa petite chambre d'étudiante à côté de Mabillon, dans le 6e arrondissement. Caroline me plaque contre la porte d'entrée et m'embrasse à pleine bouche. Sa main défait mon pantalon. L'autre me serre la gorge.

— Je veux que tu me baises ! J'espère que tu en es capable.

Elle me pousse sur son lit, finit de me déshabiller, monte sur moi. Je peux enfin la caresser, la toucher. Je lui retire son pull. Ses petits seins dans mes mains. J'embrasse son corps. Je sens la passion se perdre dans son cou et rallier son cerveau. Son parfum m'enivre. Je la renverse. Je veux prendre mon temps. Elle ne m'en donne pas.

— Lèche-moi !

Ses jambes, ses cuisses, son sexe, tout me plaît. Elle me tient par les cheveux et me plaque sur elle. À nouveau sur moi. Ses mains me tiennent les poignets au-dessus de la tête. Ses yeux bleus. L'indécence de son regard. Les mouvements de son corps. Quand l'amour n'est plus à dire, mais à faire.

Les jours passent. Sa présence dans ma vie est une bénédiction. Sa motivation, sa force de travail. Les nuits passées à étudier ensemble, à faire l'amour. Son humour bien à elle. Ses rires. Sa manière de théâtraliser sa vie. Je me laisse emporter sans savoir où nous allons.

Rares sont nos disputes. Elles éclatent parfois pour d'étranges raisons. Un sourire échangé avec une fille dans la rue suffit pour déclencher une colère que je ne comprends pas. Les insultes fusent. Les livres volent. Caroline se montre parfois violente... Rien que je ne puisse accepter. Rien que je n'aie déjà connu. Je déploie alors des trésors de patience pour comprendre son irritabilité, ses maux de tête, ses pertes temporaires d'appétit. Ses rares épisodes anxiogènes me bouleversent et me font culpabiliser. Elle n'aime pas trop mes amis, Chris et Mohammed. Je les vois moins souvent. Caroline est à la fois pleine et manquante. Perdre son amour n'est pas une option.

Les mois passent. Nous ne parlons jamais de nos familles. Et c'est bien comme cela. Pourtant, ce dimanche-là, sa mère nous invite chez elle dans son bel appartement du 16e arrondissement, non loin de la Maison de la Radio, pour faire ma connaissance. Caroline a repoussé plusieurs fois ce rendez-vous. Mais, devant mon insistance, elle a fini par céder. Une femme brune, anciennement belle, les traits tirés, approchant doucement les soixante ans, nous ouvre la porte et accepte volontiers le bouquet que je lui tends. Son sourire est un effort. Ses dents blanches proclament le bonheur, mais la joie a déserté son corps. Ses iris bleutés présentent deux faces, l'une couleur du ciel, l'autre rincée par les pleurs. Ses doigts fins sont parfaitement manucurés, mais la préhension est fragile. J'observe la mère et je découvre la fille. Caroline ne dit rien. Elle regrette cette rencontre. Sa mère a vieilli. Quand on voit rarement ses parents, le temps vous saute au visage.

Sa mère me propose de déboucher le champagne. Elle s'absente un instant pour aller chercher les flûtes. Malgré l'arc-en-ciel de notre bouquet de fleurs, la pièce à vivre est un peu froide. Une large télévision mange le mur. La table basse en verre est rayée. Un *Paris Match* tente de se cacher sous un vieux canapé. Mais les petits-fours sont bien disposés dans l'assiette et les bonnes odeurs de repas m'ouvrent l'appétit. Nous parlons de Sciences Po. Les études sont un sujet facile pour ceux qui n'ont pas grand-chose à se dire. Caroline répond aux questions de manière sibylline. Mais je sens la tension monter quand nous passons à table.

— Cela me fait plaisir de te voir, Caroline ! Tu te fais rare. J'imagine que tu as mieux à faire…

Je tente de désamorcer le conflit :

— On a beaucoup de devoirs actuellement. Je propose de porter un toast !

— À mon anniversaire, alors ! C'était la semaine dernière…, ironise-t-elle en se servant du champagne.

— Je ne savais pas.

— Maman, arrête ton numéro ! C'était une erreur de venir te voir.

— Si je compte bien, c'est la première de l'année.

— Ce sera la dernière.

— Pourquoi ? Tu as honte de ta mère ?

— Oui. Tu sens l'alcool. Tes mains tremblent. Et tu délires, comme d'habitude.

— Moi aussi, ma chérie, je t'aime.

— Marc, ma mère aime le spectacle. Excuse-la. Elle est comme ça depuis le départ de mon père pour une gamine d'à peu près mon âge…

— Tais-toi, Caroline !

— Le jour de mes huit ans. Pour mon anniversaire.

— Vous dégagez de chez moi ! hurle la mère en balançant le bouquet de fleurs au visage de sa fille.

— Viens, Marc, on s'en va. C'est dur de vieillir seule quand on a soixante ans. Crois-moi, ça ne m'arrivera pas.

14

Pour les enfants en cours moyen première année à l'Institut Sainte-Geneviève, près du jardin du Luxembourg, 16 h 30, c'est l'heure des mamans. Pour mon fils, ce sera, comme souvent, l'heure de papa. Pour moi, l'heure de Quentin, c'est tout le temps.

La sortie des classes, c'est une clameur dévalant les étages, une mer de cheveux agitée dans la cour, des bras ouverts, des baisers en cascade. Impossible de rater sa mèche rebelle. Sa tête souriante flotte au-dessus des autres, portée par le souffle de ses dix ans. Son accompagnante, Valérie, se tient à ses côtés. D'un coup d'épaule, il abandonne son cartable, saute dans mes bras, me serre de toutes ses forces. Quand il rejoint le sol, je soulève doucement son visage. Quentin est beau. Tout chez lui me bouleverse et me laisse sans voix : son sourire, ses yeux bleus cerclés de noir, son petit nez droit. Quand il passe sa main dans ses cheveux pour les redresser, c'est la promesse d'une grâce rock'n'roll, sauvage et enfiévrée. Pourtant, derrière ses petites oreilles se dissimule mal la fragilité qui lui pourrit la vie : deux appareils auditifs.

— J'ai oublié mes affaires d'école à la maison ce matin ! C'est grave ? me demande-t-il.

Sa voix est toujours déformée par la surdité, mais ses progrès sont réels.

— Non, ce n'est pas grave, reprend Valérie. Tu n'avais pas oublié ta tête ! Tu as bien travaillé aujourd'hui.

Valérie, la trentaine avenante, se tient devant nous, le cartable de Quentin à la main. Allure bohème chic de ses cheveux blonds en tresse cascade, lunettes rondes, yeux verts rieurs posés sur un bel ovale de peau claire.

— J'ai tout écrit. Tu dois réviser ce soir ton français et tes mathématiques, reprend-elle en vérifiant que toutes ses notes sont bien dans le cartable. Bon, je dois filer. Je vous laisse. Tu m'embrasses, Quentin ?

— Merci, Valérie, lui dit-il en la serrant dans ses bras. Je t'aime.

— Grâce à vous, Quentin réalise de grands progrès.

— Ça fait un moment qu'on fait équipe ! N'est-ce pas, mon Quentin ? dit-elle en lui passant la main sur la tête.

Il y a deux ans, Valérie a été nommée pour aider notre fils dans sa scolarité en qualité d'accompagnante des élèves en situation de handicap (AESH). Lors de notre discussion commune avec l'enseignante, j'avais été touché par son « Quand on aime les enfants, on peut faire des miracles ! ».

— Bon, on y va nous aussi, mon Quentin. Ton ORL nous attend dans une heure. On a le temps de prendre un chocolat ensemble. Tiens ! Je t'ai acheté un chausson aux pommes.

Sa main dans la mienne. Dans la rue, côte à côte. Le voir dévorer sa viennoiserie… Je repense à Mohammed, à ses *krokis*, au bras de sa mère couvrant ses épaules quand ils quittaient l'école.

Nous nous installons dans un café, près de la station de métro Odéon. Très vite, Quentin a le nez dans sa boisson.

— J'ai un cadeau pour toi.

— C'est quoi ? me réplique-t-il en déchirant le papier, une moustache chocolat au-dessus des lèvres. Chouette ! Des mangas ! *One Piece*, mon préféré ! Je ne les avais pas ceux-là.

— Comment s'est passée ta journée ?

— Maxime fête son anniversaire ce week-end… Tu trouves que je parle mieux ? me demande-t-il. Quand je serai normal, tu crois qu'ils m'inviteront ?

— C'est formidable les progrès que tu fais, mon chéri ! Et puis, tu sais quoi ? On ne peut pas être normal quand on est exceptionnel. Toi, tu es exceptionnel ! La normalité, c'est une folie collective.

Quentin me regarde sans vraiment comprendre. Mais mes mots ont l'air de lui faire du bien.

— Je m'en fous, j'adore les mangas… Je les lirai ce week-end. Ce n'est pas maman qui devait m'emmener chez le docteur ?

J'aurais, sans hésiter, vendu mon âme au diable pour lui offrir une élocution claire et une jeunesse paisible. Le handicap de Quentin n'est pas le fruit du hasard. Incompatibilité Rhésus, c'est le diagnostic médical qui a entraîné sa naissance prématurée, à six mois. Le système immunitaire de Caroline avait identifié les globules rouges de notre fils comme étrangers et produit des anticorps pour les détruire. Violence biologique où la mère s'attaque au fœtus à travers le placenta. Si nous avons échappé à la fausse couche, nous n'avons pu éviter les lésions cérébrales. Comment ne pas en vouloir à

Caroline ? Elle, qui craignait que son corps ne soit déformé par la grossesse, m'a fait suspecter le complot moléculaire, une machination de ses entrailles égotiques.

La certitude d'une malédiction familiale m'a terrassé. Nous avons fait face comme nous pouvions : chacun de son côté. Caroline, en sublimant sa personne. Moi, dans le pouvoir apaisant des mots. Mais il n'y en avait pas assez pour exprimer ma peine. Quentin, mon amour, je donnerais ma vie pour toi sans hésiter !

Les quatre premières années de la vie de Quentin ont été difficiles. Les diagnostics des spécialistes consultés oscillaient entre la débilité et l'autisme. Nous nourrissions un corps. Sa vie semblait purement organique. Certains soirs, la mécanique de ce grand désespoir m'écrasait, et en éteignant la lumière au-dessus de son petit lit, je souhaitais qu'il ne soit plus là au matin. Caroline s'occupait de notre fils comme on fait les courses. Par obligation. Ce drame avait encouragé son narcissisme. Ma femme pratiquait l'ignorance émotionnelle. À tous les niveaux…

Pourtant, les sourires de Quentin éclataient régulièrement, comme autant de promesses d'intelligence. Le premier, quand l'enfant vous reconnaît. Je m'en souviens. Il venait de si loin ! Un beau jour, un ORL a diagnostiqué la réversibilité de sa surdité. Sa cinquième année s'est passée à rattraper son retard : ORL, orthophoniste, pédiatre. Quentin n'allait pas encore à l'école. Mais peu importait, il commençait à parler. Et son retour parmi nous tenait du miracle. En une année, il s'était bâti un avenir.

15

Bleu, licenciement. Noir, événement social. Vert, conseil d'administration. Les humeurs de Caroline, ses envies, ses objectifs se déclinent en couleur sur ses ongles. Transparent, famille... C'est tout en noir que Caroline s'extrait enfin de sa chambre. Sa robe me semble bien trop courte, son décolleté bien trop plongeant, ses escarpins bien trop hauts pour cette soirée chez son patron, le PDG d'Inter Télécom. Nous nous sommes plusieurs fois opposés sur le sujet. Ses tenues de soirée me mettent mal à l'aise. Je fais grâce à Quentin d'une nouvelle dispute.

Notre nounou est arrivée. Le chauffeur de la limousine nous attend en double file. Caroline distribue ses dernières consignes. Nous quittons son bel appartement de cent cinquante mètres carrés où nous vivons, rue Guynemer, face au jardin du Luxembourg.

Nous nous engageons dans l'ascenseur. Son parfum, le bruit de ses escarpins sur le marbre, ses courbes, ses longues jambes et l'outrance de sa tenue me donnent envie de lui coller le visage contre le miroir de la cabine et de la baiser.

— Si tu ne me fais pas honte ce soir, peut-être pourras-tu me toucher quand on rentrera...

Les portes de l'ascenseur se referment sur mon ego.

Dans la voiture, Caroline parcourt ses e-mails sur son iPhone.

— Quentin fait de grands progrès.

— Je n'ai pas remarqué.

— Si tu lui parlais, tu t'en rendrais compte.

— Ce soir, il y aura le comité de direction et les pièces rapportées. On sera une vingtaine. L'appartement et la vue sur la tour Eiffel sont incroyables.

— Je croyais que c'était la première fois que tu y allais…

Une fois arrivé avenue du Président-Wilson, le chauffeur se gare en double file. Nous quittons la voiture. Mon mal-être nous accompagne. Code d'accès, interphone, ascenseur, dernier étage. La porte s'ouvre sur une paire de boucles d'oreilles en diamants. Au milieu, un visage bien trop souriant et une joie quasi extatique.

— Caroline ! Quel bonheur ! Tu es venu avec ton mari ! Vous vous appelez ?

— Marc.

Les boucles d'oreilles balisent le chemin. Une robe scintillante éclaire la route. Nous laissons nos manteaux à une tenue de soubrette et entrons dans le living-room d'un immense duplex. Au plafond, un lustre de Murano. Baignant dans la lumière, une vingtaine de personnes rient aux éclats aux plaisanteries d'un cigare cubain, à l'évidence le maître de maison.

— Caroline, vous êtes en retard ! Mais quel bonheur de vous voir !

La braise ardente du havane s'anime et dessine dans l'air des runes d'un autre temps. Le cigare reprend son souffle en contemplant ma femme. Je serre la main à une lavallière, souris à un collier, manque de trébucher sur un mocassin à pompons. Les volutes de fumée recouvrent l'ensemble et, à chaque spirale, on s'esclaffe. Je suis une flûte de champagne, Caroline, un kir royal, nous sommes des verres qui s'entrechoquent. Nous battons la breloque. Des petits-fours s'invitent à la fête. Le cigare nous propose de le suivre. Nous nous rallions à son panache et nous retrouvons sur le balcon. Paris est une fête. Un tablier nous tend un plateau. Nous sommes caviar. Jamais la nuit n'a coûté si cher.

— Caroline m'a dit que vous vous étiez rencontrés à Sciences Po. Vous avez de la chance de vivre avec elle. C'est une femme remarquablement intelligente… et pleine de surprises, poursuit le cigare en s'enflammant à nouveau. Vous avez fait quoi, après ?

— Marc enseigne, imagine-toi, reprend Caroline dans un demi-sourire.

— Thèse. Agrégation. Je suis maître de conférences à la Sorbonne.

— C'était quoi, le sujet de votre… thèse ?

— Le trait d'esprit dans *La Comédie humaine* de Balzac.

— Holà ! Il faut que je fasse attention à ce que je dis ! plaisante le cigare sans me regarder, déclenchant le rire du mobilier.

— Ne vous inquiétez pas. Depuis le début de la soirée, le sujet n'a pas été abordé.

— Cela gagne bien… maître de conférences ? C'est Caroline qui vous entretient ? Vous êtes un couple moderne, en fait.

— Je veux qu'il réussisse. Il ambitionne d'écrire un roman. Il est bloqué depuis dix ans. Pourtant, il enseigne la littérature, ironise Caroline.

— Vous avez tout du consultant ! Vous seriez bien dans notre entreprise, se moque le cigare.

Le petit groupe est au spectacle. C'est l'entracte. Le cigare s'éloigne. Derrière lui, les chaussures claquent, les robes frétillent. On passe à table.

Je reste un instant à contempler le panorama. En sautant du balcon, je pourrais atteindre la Seine. Trop d'idées noires… Je finis mon verre, rejoins la fête. Un jour, je brûlerai tout.

Une heure du matin, retour dans la limousine. Caroline se détend à mes côtés. Tête en arrière, yeux clos, lèvres entrouvertes. Son décolleté… Sa robe remonte sur ses jambes et, tout au bout, les pointes effilées de ses escarpins. Sa pose serpentine la rend faussement offerte. Ma main se tend vers elle, malgré moi.

— Marc…

Je la retire aussitôt, les crochets de la honte et de la frustration plantés dans la paume. J'ai beau amarrer mon regard aux immeubles de la capitale, rien n'y fait. Le poison du désir se diffuse et tout mon être me porte vers elle.

Nous sortons de la voiture. Caroline ouvre la voie. Le bruit de ses escarpins sur le marbre. L'ascenseur. J'attends un signe, un encouragement. En vain. Je n'ai pas le courage de m'approcher d'elle. Pourtant, mon corps crie famine. Les doigts me démangent. Mes lèvres sont sèches. Je suis en manque. Des semaines que je ne l'ai pas touchée.

La maison. Caroline paie la baby-sitter, qui nous quitte. Je m'assure que Quentin dort bien. Sur sa table de chevet, ses mangas préférés et ses prothèses auditives. J'embrasse mon fils, regagne ma chambre. Je passe à côté de celle de Caroline, dont la porte est entrouverte. Ma femme se déshabille. Sa robe glisse le long de son corps. La voici en lingerie noire. Elle retire ses escarpins, s'allonge sur le lit.

— Marc, ce soir, tu as le droit. Viens…

16

Mes réveils sont de plus en plus difficiles. Le temps d'ouvrir les yeux, de battre des cils, une angoisse terrible m'envahit. Je me lève en urgence et vomis aux toilettes. L'amertume de la bile m'accompagne dans l'appartement. Je tente de remettre mes idées en place. J'ouvre la porte-fenêtre. Le jardin du Luxembourg est encore silencieux. Là-bas, les reines en marbre ont fait l'histoire de France. Ici, ma femme bien vivante défait la mienne. Tout ce que je touche lui appartient, de la tasse à café au sofa. Je me sens l'âme d'un bibelot.

Pourtant, à côté, Quentin dort dans sa chambre. Sa présence dans ma vie justifie à elle seule ma dépendance et me donne la force d'avancer. Le moment préféré de toutes mes journées, le réveiller en douceur. J'entre dans sa chambre. Je m'assois sur son lit, reste un instant à le contempler. Je lui passe la main dans les cheveux. Il ouvre les yeux, me prend dans ses bras. Je le couvre de baisers. Nous rions ensemble. Sa peau sent le chausson aux pommes. Sa main cherche en tâtonnant ses appareils auditifs. Il les glisse autour de ses oreilles. Ses premières phrases sont toujours un peu hésitantes et nécessitent de sa part un véritable effort. Mais chaque jour, c'est un peu mieux. Caroline est au travail depuis longtemps. Je lui prépare son petit déjeuner. Il n'aime pas trop parler le matin. Il garde ses forces pour plus tard. Je le regarde manger ses céréales en buvant mon café. Ses sourires me suffisent.

Sa main dans la mienne me permet d'avancer. Nous marchons jusqu'à son école. Valérie, son large sourire et sa beauté légère nous attendent à l'entrée.

— Tu n'oublies pas, mon Quentin, nous fêtons ce soir l'anniversaire de maman ! On va lui faire une belle surprise.

— Je lui ai écrit une lettre hier. Caroline m'a corrigé les fautes.

— Il n'y en avait aucune, Quentin. Elle est très belle, ta lettre !

Un dernier baiser et ils disparaissent dans la cohue. Son départ me laisse exsangue. Je finis par quitter la place quand tous les enfants sont en classe. Mes étudiants m'attendent à la Sorbonne, de l'autre côté du jardin du Luxembourg. J'ai cours à 9 heures. Les longues branches des arbres centenaires sont autant de potences dissimulées sous la verdure.

L'anniversaire de Caroline marque le début de la saison des ouragans familiaux. Combien de ces fêtes se sont terminées sur des portes qui claquent ? sur des insultes ? Les rares fois où sa mère se joignait à nous, Caroline moquait ses cadeaux, humiliait sa solitude. La pauvre femme quittait l'appartement en pleurs, sans que je puisse vraiment intervenir. Le temps a passé. Nos familles sont au loin. Je vois peu ma mère. Son intérêt pour notre famille est proche du néant. Mon frère croupit à la prison de la Santé. Qu'ai-je fait de mes amis, Mohammed et

Chris ? J'ai négligé leurs appels. Je ne réponds à aucune de leurs sollicitations et laisse leurs messages lettre morte sur notre groupe WhatsApp depuis plus de six mois.

La Sorbonne. Cour d'honneur, amphi Richelieu. Je retrouve mes étudiants en licence. Le souffle de l'enseignement me fait me tenir droit. Aujourd'hui, deux heures sur l'orientalisme littéraire au XIXe siècle, Flaubert, Chateaubriand, Nerval, Lamartine et Hugo. D'habitude, je me lance sans notes et ma passion fait le reste. Depuis peu, j'ai des trous de mémoire et, sans un support écrit, je m'effondrerais. Je quitte la salle, retrouve mes collègues. Leur conversation m'ennuie. L'un d'entre eux me demande si je me porte bien. Un autre me suggère de consulter. J'apporte de piètres conseils à mes doctorants. Je suis en retard sur l'organisation d'un colloque sur l'influence des découvertes archéologiques sur les arts et les lettres. J'ai perdu l'attrait pour la lecture.

Vers 17 heures, je quitte la Sorbonne, fais les courses et me lance dans la préparation du plat préféré de Caroline, l'osso buco. Je lui envoie des textos pour lui rappeler que nous l'attendons à 20 heures. Je vais chercher Quentin à l'école. La gentillesse de Valérie me touche et chacune de ses attentions pour mon fils me va droit au cœur. Une fois à la maison, Quentin pose son cartable dans sa chambre et vient m'aider à mettre la table.

— Tu veux lire ma lettre pour maman ?

— Je la découvrirai avec plaisir quand tu lui liras ce soir. Tu lui dis quoi ?

— Que je l'aime très fort. Que j'ai hâte d'être grand pour aller faire de la musculation ensemble à la salle de sport tous les samedis de la vie. Que je ne la laisserai jamais tomber. Je serai toujours avec elle. Et plein d'autres choses…

— C'est magnifique ! Elle va être contente !

— Et toi ? Qu'est-ce que tu vas lui offrir ?

— J'ai cassé ma tirelire. Un beau sac à main d'une belle marque de luxe.

Les bonnes odeurs de cuisson envahissent l'appartement. Le champagne est au frais. La table est mise. Nous attendons Caroline. À 20 h 30, toujours aucune nouvelle. Ma femme ne répond ni aux textos ni aux appels. Quentin s'impatiente. Moi aussi. Nous regardons la télévision en grignotant des amuse-gueule. À 22 heures, je suggère à Quentin d'aller se coucher. Demain, il y a école. Il refuse. J'argumente. Rien n'y fait. Il finit par s'endormir sur le canapé, sa lettre dans la main. Je le prends dans mes bras pour l'emporter dans sa chambre. Au même moment, Caroline fait son apparition.

— Tu étais où ? On t'attend depuis trois heures !

— Mon patron a organisé un dîner surprise au Grand Véfour pour fêter mon anniversaire avec une partie de la direction, dit-elle en se déchaussant et en déposant ses affaires dans l'entrée. Impossible de refuser, cela fait des années que je rêvais d'y aller. Je suis crevée…

— Tu aurais pu prévenir ! Cette soirée était importante pour nous. J'ai passé des heures à tout préparer ! Quentin t'attendait ! Et tu ne réponds à aucun appel !

— Ça va ! Ne commence pas à me prendre la tête ! Tu n'es pas bien ici ? Il ne te plaît pas l'appartement ?

— Maman !

Quentin, réveillé, saute de mes bras et se précipite dans ceux de Caroline.

— Holà ! Doucement ! Je suis fatiguée.

— Tiens, je t'ai écrit une lettre pour ton anniversaire !

— Je propose de s'installer à table. On va prendre une coupe de champagne, une petite part de gâteau et fêter l'événement.

— Rapide alors, je me lève tôt demain matin.

Un morceau de tarte aux abricots, une gorgée de champagne et de Champomy plus tard, Caroline se lève.

— Je vais me coucher.

— Et ma lettre ?

— Ah oui, ta lettre…

Elle l'ouvre, la parcourt rapidement.

— Super ! Cela me fait plaisir, Quentin, dit-elle sans y croire.

— Cache ta joie, Caroline !

— Ne me fais pas chier, Marc ! On l'a faite, ta petite fête !

— Ne vous disputez pas encore ! Papa t'a prévu un cadeau !

Quentin se précipite dans le salon et rapporte le paquet avec un grand sourire. Caroline l'ouvre en soupirant.

— Un sac ! C'est mon argent que tu as dépensé ?

Impossible de résister. Malgré mon engagement à contrôler mes mots et mes émotions, le ton monte immédiatement. Caroline n'a aucune limite et tout ce qui lui passe par la tête sort sans filtre. J'encourage Quentin à aller se coucher.

— À quoi ça sert que j'entende si vous vous disputez tout le temps ?!

Personne ne l'écoute. Il enlève ses prothèses auditives et reste assis sans rien dire. Son regard passe d'une bouche à l'autre. Il suit nos échanges en lisant sur nos lèvres. Ses larmes montrent qu'il comprend tout. Il voit sa mère invectiver son père, se lever. Elle ressemble à une sorcière. Il regarde son père assis, les deux poings sur la table. On dirait qu'il va exploser. Dans sa main droite, son couteau dressé vers le ciel. Il semble répéter sans fin deux mots : « Tais-toi ! » Sa mère est en furie. Elle lui lance le contenu de son verre au visage. Peut-être perçoit-il la détresse et la colère de son père. Peut-être comprend-il que les insultes le renvoient à son enfance des années plus tôt, aux coups reçus, à la noirceur d'une cave, à l'obscurité. Peut-être comprend-il que le couteau qui tremble dans sa main va se planter quelque part. Ses deux parents se déchirent sans faire attention à sa présence. Quentin ne sait plus quoi faire. L'image sans le son, c'est pareil. Il voudrait être ailleurs. Et soudain, le couteau se lève… et se plante… Le coup a été d'une incroyable brutalité. Il n'aurait jamais imaginé son papa capable de commettre un tel acte. Le sang coule. La main gauche de son père est transpercée de part en part. Le couteau est profondément enfoncé dans la table. Sa mère est choquée et ne bouge plus. Lui non plus. Son père a un regard de tueur. Il s'est levé et semble vouloir s'approcher d'elle. Mais il est littéralement cloué sur place. Sa maman quitte précipitamment la pièce. Son père se rassoit. La douleur se lit maintenant sur son visage.

— Quentin, peux-tu aller me chercher une serviette dans la salle de bains ?

Quentin est en état de choc. Mais il finit par s'exécuter. Quand il quitte la pièce, j'essaie de retirer le couteau. La douleur me fait tourner de l'œil. Je n'arrive à rien. Je ne veux pas que Quentin me voie dans cet état. En le bougeant d'avant en arrière, j'arrive à le sortir du bois. D'un coup sec, je le retire de ma main. Je sens mes chairs se déchirer sur les dents de la lame. J'ai peur de devenir fou. Quentin revient avec une serviette, visiblement inquiet.

— Merci, mon Quentin ! Je vais devoir aller aux urgences.

— Je viens avec toi.

— Non, tu as école demain. Il faut aller te coucher.

— Je ne pourrai pas dormir. Pourquoi tu as fait ça ?

— Je ne sais pas. Pour que la dispute s'arrête. Je suis désolé, mon Quentin. Pardonne-moi. Je ne suis pas mieux que mes parents…

Je commande un taxi. La douleur est lancinante. Quinze minutes plus tard, nous nous retrouvons tous les deux aux urgences de l'hôpital de la Pitié-Salpêtrière. J'ai peur pour ma main. La radio confirme la légèreté des dégâts. Aucun tendon n'est vraiment endommagé, aucun nerf tranché. Les questions posées par les médecins me mettent mal à l'aise. On me demande ce qui s'est passé. Je n'arrive pas à répondre. On nettoie la plaie, la désinfecte. Les blessures sont suturées de part et d'autre. Un large bandage. Des antidouleurs. Il nous faut rentrer à la maison. Mon cœur se serre. À nouveau, une envie folle de vomir. Un profond mal-être. Nous arrivons à l'appartement sur les coups de 2 heures du matin. Caroline nous attend calmement dans le salon en se manucurant.

— Alors ? dit-elle.

— Rien de grave.

— Tant mieux. Je vais me coucher. Bonne nuit.

Ma femme regagne sa chambre comme si de rien n'était. La couleur de ses ongles a changé. Vert. Demain, conseil d'administration.

— Papa, on peut dormir ensemble ?

— Je ne vais pas pouvoir dormir, mon chéri. J'ai mal. Pardon, Quentin. C'est nul ce que j'ai fait.

Nous finissons tous les deux dans mon lit. Quentin, épuisé, s'assoupit. Je lui enlève ses deux appareils auditifs, les pose sur ma table de chevet et éteins la lumière.

17

La nuit a été courte. Je m'en veux d'avoir infligé à Quentin le spectacle de son père se transperçant la main. Je m'étais promis de faire mieux que mes parents, d'offrir à mon fils une jeunesse aimante et équilibrée. Au lieu de ça, je viens de lui transmettre le poids de mon triste héritage. Le voici marqué au fer rouge par la violence familiale. J'ai honte. Profondément honte.

Pourtant, j'ai ressenti une haine si forte pour Caroline lors de cette soirée ! Mon envie de la poignarder et de la faire taire l'emportait sur tout le reste. Je n'ai trouvé, pour éviter le drame, d'autre solution que de me clouer la paume à la table. Et moi qui pensais régler mes problèmes en maîtrisant la langue française, les bons mots et les grandes idées... Quelle plaisanterie. Je dois l'admettre, au moment où mon couteau s'est levé, j'ai aimé la liberté de ce big bang émotionnel, son explosion, son expansion. Pendant cette seconde, l'univers c'était moi.

Je n'arrive pas à bouger les doigts de ma main meurtrie. J'arrive quand même à attraper mes cachets antidouleur sans réveiller Quentin. Sa tête est posée au creux de mon bras et son souffle régulier m'apaise. Il est l'heure de le réveiller. Notre routine commune nous achemine rapidement devant l'école où nous attend Valérie. Elle s'étonne de mon bandage et prend de mes nouvelles. Quentin répond à ma place :

— Papa s'est abîmé la main en coupant le gâteau. Et maman a beaucoup aimé ma lettre !

Mon fils ment pour me protéger. Ma violence trouve refuge dans son mensonge. Sa jeunesse s'effrite, et j'en suis la cause. Je suis décomposé. Valérie n'est pas dupe.

— Marc, voulez-vous que l'on se parle après l'école ? L'occasion de faire le point sur les progrès de Quentin et de mieux se connaître.

Incapable de lui répondre, j'embrasse mon fils en le serrant dans mes bras de toutes mes forces.

— Une autre fois.

La traversée du jardin du Luxembourg ne m'offre aucun plaisir. Mon téléphone vibre dans ma poche. Ma mère. J'hésite à répondre.

— Allô, Marc ? Comment vas-tu ? Cela fait des mois que tu ne me donnes aucune nouvelle. Comment va Quentin ? Et ta femme magnifique ?

Ses questions sont sans substance, mais la saveur enfantine de sa voix se diffuse. Je me surprends à espérer. Mais espérer quoi ? J'aimerais partager avec elle mes doutes, mes peurs, lui raconter mon histoire, trouver du réconfort.

— Maman, pourquoi tu ne viens jamais à la maison ? Tu as dû voir Quentin une dizaine de fois tout au plus.

— Tu le sais bien : je ne peux pas me déplacer. J'ai deux chiens, un lapin. Je ne peux pas les laisser sans surveillance.

L'absurdité de cette conversation me sèche. Mais comment lui en vouloir ? Quand mon père est mort d'une chute dans l'escalier, sa vie a basculé. Elle a dû nous élever seule, mon frère et moi. Elle a rapidement tourné la page de l'accident, s'est occupée de nous du bout des doigts. Mon frère ne lui a fait aucun cadeau, commettant les quatre cents coups, fréquentant les mauvaises personnes. On ne compte plus le nombre de fois où elle a dû aller le chercher au poste de police pour des petits trafics ou des bagarres. Je me souviens de ses longs soupirs, de sa mollesse existentielle. Elle a continué à confectionner des nœuds sur les flacons de parfum Chanel N° 5 jusqu'à la retraite, sans accorder plus d'intérêt aux hommes qu'à ses enfants, vouant le spectacle de sa beauté déclinante aux jappements de ses deux chiens. Elle a célébré la naissance de Quentin en achetant un lapin, et s'est appliquée à ne pas entrer dans sa vie.

— De quoi as-tu besoin, maman ?

— Tu peux venir m'aider à faire ma déclaration d'impôts ? Je suis perdue avec la paperasse.

Un double appel interrompt notre conversation.

— Maman, il faut que je te quitte. Chris m'appelle. J'essaierai de passer te voir ce week-end.

— Allô, Marc ? Qu'est-ce que tu fous ? Cela fait six mois qu'on essaie de te parler avec Mohammed ! Bon, tu écoutes et tu dis oui. J'organise une fête ce samedi. Tu viens avec ta famille. C'est d'accord ? J'ai des choses incroyables à célébrer et je veux que tu sois là.

— Chris, ce n'est pas super à la maison avec Caroline en ce moment. Je ne sais pas…

— Je suis pris au PSG, connard ! Donc, avec ou sans ta femme, tu viens. Et t'amènes Quentin. Mohammed va venir avec la sienne et ses jumelles. Et il a prévu un cadeau de dingue pour toi. 20 heures, samedi soir ! Ok ?

L'énergie de Chris me fait du bien. Et son succès professionnel ne me surprend pas. Il n'était pourtant pas doué à l'école, mais il ne doutait de rien. Il a trouvé son orientation professionnelle grâce à son extrême myopie. Le poids des verres de ses lunettes lui faisait baisser sans cesse la tête. Lors d'une séance de sport en troisième, le miracle a eu lieu : sous ses baskets, le gazon. Il s'était redressé d'un coup et nous avait annoncé avec emphase :

— Les gars, j'ai trouvé ma vocation. Je serai jardinier de terrain de foot !

Très vite, Chris nous avait surpris par sa détermination. Il avait trouvé un stage à la mairie et travaillé avec le jardinier en chef pendant ses vacances d'été. Le week-end, on le voyait passer la tondeuse. Il adorait le grand air. Il était proche des joueurs de foot et aimait ce sport. Il avait repris ses études et, après beaucoup d'efforts, fini par obtenir son bac. L'année de ses vingt-deux ans, il s'était fait opérer des yeux et sa myopie avait disparu. Il avait dégoté une formation dédiée à l'entretien des terrains engazonnés. Seize mois plus tard, après avoir alterné les travaux sur différents types de pelouses et les tests en laboratoire sur les sols, l'herbe, la température, les maladies, le vent, la pluie, les nutriments, l'eau, il avait décroché son premier contrat professionnel : il remplaçait le jardinier en chef de Villeparisis qui partait à la retraite. Sa passion et sa détermination avaient fait le reste. Repéré par le PSG et après quinze ans de second rôle, il venait de se procurer le poste de ses rêves : jardinier en chef au PSG. Vingt mille euros par mois. Une référence dans son domaine. Une réussite exemplaire pour tous les jeunes sans avenir de la banlieue nord.

— Je dois passer samedi chez ma mère. J'essaierai de venir chez toi après. Peut-être avec Quentin. Oublie Caroline.

— On sait bien qu'elle ne nous aime pas trop. Il faut qu'on t'en parle, avec Mohammed. J'habite à côté du Camp des Loges maintenant. Je t'envoie l'adresse par texto. Mais tu viens sans faute !

Me voici arrivé à la Sorbonne. Devant moi, la chapelle Sainte-Ursule. Pour la première fois, sa façade baroque m'impressionne. Malgré les antidouleurs, ma main me fait souffrir. Mes étudiants m'attendent. Mon rythme cardiaque s'accélère, je suis pris d'une crise de panique. Devant toutes ces personnes, je n'y arriverai pas. J'opère un demi-tour, retraverse le jardin, regagne mon domicile, m'enferme dans ma chambre, appelle l'administration pour la prévenir de mon absence. Mon comportement au travail ne manquera pas de me créer des problèmes. Mais c'est plus fort que moi. Mon seul désir est de dormir.

18

16 heures. Il faut se lever, aller chercher Quentin à l'école. Je n'y arrive pas. Les insultes de Caroline la veille m'impactent plus que je ne voudrais l'admettre et me clouent au lit. Je me sens vidé, inexistant. Je ne peux pas décevoir à nouveau mon fils… son visage, son sourire. Je m'habille avec difficulté, rassemble mes forces et parviens avec quelques minutes de retard à la sortie des classes. Quand Quentin se précipite dans mes bras, je reste un long moment à l'étreindre. Valérie me parle. Quand elle pose sa main sur la mienne, je sors de ma torpeur.

— Vous m'entendez ?

— Ça va, papa ?

— Venez, Marc, allons au café. C'est moi qui invite. Vous ne pouvez pas refuser !

Nous voici attablés. J'ai du mal à me concentrer sur la conversation. Sa chevelure blonde flotte en toute liberté. J'essaie de me rappeler. Oui, c'est toujours là :

— « Longtemps ! toujours ! ma main dans ta crinière lourde

Sèmera le rubis, la perle et le saphir,
Afin qu'à mon désir tu ne sois jamais sourde !
N'es-tu pas l'oasis où je rêve, et la gourde

Où je hume à longs traits le vin du souvenir ? »

— Vous vous sentez bien, Marc ?

— Vos cheveux… J'avais besoin de savoir… si je savais toujours. Pardon.

Son sourire a des allures de printemps. Sa présence me fait du bien. Nous parlons de Quentin, partageons nos poésies préférées, échangeons sur nos métiers. Ses gestes sont charmants : sa façon de tourner sa cuillère du bout des doigts, de siroter son thé du bout des lèvres.

Les quelques jours qui nous séparent du week-end sont étrangement calmes, de ce calme qui précède les tempêtes. Lors de notre dernier conflit, Caroline ne m'aurait jamais imaginé capable d'une telle violence. Me planter la main dans la table, me lever pour l'atteindre… Elle a pris peur. Cela faisait des mois, des années qu'elle n'éprouvait aucune émotion pour moi. Se sentir en danger, c'est nouveau pour elle.

Ce samedi, elle accepte de me prêter sa BMW. Impossible de prendre la moto, j'ai trop mal à la main. Le voyage à Villeparisis et la fête chez Chris à Saint-Germain-en-Laye, ce sera sans elle. Cours de sport, rendez-vous en soirée avec ses copines, sa journée sans nous s'annonce bien remplie. Quentin n'a aucune envie de se rendre chez sa grand-mère, mais je lui ai acheté trois nouveaux mangas ; il pourra les lire dans ma chambre pour passer le temps. Mon fils est content de retrouver ensuite les jumelles de Mohammed. Ils ont à peu près le même âge. Elles ont toujours été gentilles avec lui.

Parcourir les rues de mon enfance me serre le cœur. Qu'est devenue Dolly ? Après la mort de mon père, nous nous sommes perdus de vue. Le poids de ma famille a écrasé notre flamme préadolescente. Je n'ai jamais su trouver les mots pour lui raconter ma jeunesse.

Les thuyas ont poussé démesurément, le jardin n'est pas entretenu. La façade de la maison mériterait un ravalement… à la dynamite. J'ouvre le portail. Les conifères s'agrippent à la voiture. La porte de la maison s'ouvre et Karl et Gabrielle, deux chihuahuas papillon, s'élancent vers nous en aboyant. Ma mère apparaît à son tour avec Coco, son lapin nain, dans les bras. La solitude a tué l'élégance, les années ont asséché sa beauté. Sa tenue Chanel en soie n'illumine plus son visage ridé. Sa chevelure parfumée garde la souplesse du passé. Malgré les couleurs, les racines sont blanches.

— C'est gentil d'être venus me voir ! Quentin, c'est fou comme tu as grandi !

Elle lui tend sa joue. Quentin hésite à l'embrasser. Gênée, elle lui propose de prendre son lapin nain. Dans sa main, l'animal et ses petites crottes. Coco en produit trois cents par jour. Ses déjections rythment ici le temps qui passe.

— Tu sais, Quentin, j'ai acheté Coco quand tu es né. Il a dix ans !

— Ça fait beaucoup de crottes tout ça ! répond-il en lui rendant le lapin et en secouant la main.

— Fais bien attention aux chiens. Ne t'assois pas dessus. Ils sont très fragiles, conclut-elle sans gentillesse.

Quentin découvre l'endroit. À l'intérieur, rien n'a changé. Peut-être plus de poussière qu'autrefois. En bas de l'escalier, les restes d'une tache sombre, celle du sang de mon père. Dans le salon, la platine, les disques. Village People…

— C'est quoi, papa ?

— La musique de mon enfance.
— Ça a l'air sympa ! Tu nous fais écouter ?
— Plus jamais…
— Pourquoi ?
— Mon père la mettait tout le temps à la maison et à son travail. C'était stressant.
— C'était quoi son métier ?
— Croque-mort…

Nous quittons la pièce et empruntons l'escalier. Je lève la tête. Je me souviens de mon père, le regard fou, enjambant mon frère terrorisé. Mon cœur se serre en passant devant la chambre d'Enzo. Je m'attends presque à ce qu'il en sorte brusquement et me tombe dessus. La poignée de la porte de ma chambre est déformée… Les heures que j'ai passées derrière pour éviter qu'il n'entre. Mon petit lit, mon bureau, mes livres. Mon préféré, *Tom Sawyer*, où il manque des pages… J'ouvre un tiroir qui renferme mon trésor d'enfant, un tupperware. À l'intérieur, un mouchoir en papier. Je le déplie. Le *kroki* n'est plus que poussière.

Dolly…

J'ai tenu grâce à elle. Quand nous avions la chance de nous trouver dans la même classe, nous étions inséparables. J'allais souvent chez elle. Ses parents m'accueillaient à bras ouverts, je faisais partie de la famille. Nous révisions dans sa chambre. Dolly était incroyablement organisée. Des fiches pour chaque cours. Une facilité pour apprendre. J'adorais la voir écrire. Là où mes lettres trébuchaient, son écriture tout en rondeurs et au trait ferme me rassurait. Je trouvais avec elle l'équilibre et la gentillesse qui me manquaient. J'étais souvent triste et silencieux, incapable de raconter ce qui se passait à la maison. Elle redoublait d'efforts pour me rendre le sourire. Un beau jour, elle a lâché son stylo. Nous nous sommes embrassés. Dolly était si belle… Elle s'est levée pour fermer à clé la porte de sa chambre, a tamisé la lumière, s'est déshabillée. Totalement nue, elle s'est allongée sur son lit et m'a invité à la rejoindre. C'était la première fois que nous faisions l'amour ensemble. Dans ses bras, le monde était beau.

Quand nous n'étions pas dans la même classe, nos routes se séparaient. D'autres amis, d'autres rencontres, d'autres expériences. Mais nous nous retrouvions comme si nous nous étions quittés la veille. Sa présence dans ma vie est la seule certitude de mon enfance. Après le baccalauréat, j'ai quitté la maison pour poursuivre mes études à Paris et nous nous sommes perdus de vue. Je me promets d'aller lui rendre visite quand j'irai mieux. Elle travaille dans un magasin non loin de la porte de la Chapelle.

Quentin s'est installé sur mon lit pour lire ses mangas. Tout cela ne signifie rien pour lui. Tant mieux. Je descends retrouver ma mère à la cuisine. Les documents sont éparpillés sur la table. Je me sers un verre d'eau. Elle s'occupe de ses chiens sans faire attention à moi. Je m'attaque à sa déclaration d'impôts. Trente minutes plus tard, nous faisons le point. Elle me demande de ranger les documents dans le salon, mais le classeur ne rentre pas en bas de la bibliothèque. En y passant la main, je tombe sur une vieille photo en noir et blanc que je n'avais jamais vue. Un couple et un enfant dans un beau jardin. À l'arrière-plan, un lac et une île. J'interroge ma mère.

— C'est la seule photo de ton père avec ses parents. Il avait l'âge de Quentin. C'est le lac d'Orta, à côté de Milan, et l'île de San Giulio.

— Le jardin a l'air magnifique. Son père est habillé comme un paysan et sa mère comme une bonne.

— Ils travaillaient chez des gens riches je crois…

— Vous n'y êtes jamais allés ?

— Pour rien au monde il ne voulait y retourner. Ni même en parler.

J'appelle Quentin. Il est déjà 20 heures. En cette fin d'automne, la nuit est tombée. J'essaie d'embrasser ma mère. Sans succès. Karl et Gabrielle montent la garde autour d'elle et ne laissent personne l'approcher. Deux crottes de lapin nain plus tard, nous quittons la propriété. Ma mère a déjà refermé la porte derrière elle. Les branches crissent sur la portière. Nous nous retrouvons dans la rue. J'entre l'adresse de Chris dans l'ordinateur de bord. Quentin retire ses appareils auditifs et s'endort à l'arrière. Les événements de la semaine l'ont fatigué.

À Saint-Denis, difficile de trouver ma route. Le squelette rouillé de la tour Pleyel rend le chemin inquiétant. Malgré le guidage par ordinateur, je me perds dans un dédale de déviations. À un feu rouge, devant moi, sur le trottoir de droite, un homme s'avance dans ma direction. Je ne le quitte pas des yeux. Tout à coup, ma vitre vole en éclats. La crosse d'un pistolet me heurte à la tempe. Une main m'agrippe les cheveux et me précipite le visage sur le volant. Sous le choc, mon nez se fracasse. La douleur m'envahit le crâne. Je pisse le sang. On déverrouille la portière.

— Dégage, connard !

Je pense à Quentin. Il émerge à peine de son sommeil. Les salauds n'ont pas détecté sa présence. Je leur laisserais la voiture sans hésiter, mais avec Quentin à l'arrière, plutôt crever. J'essaie de retenir ma portière. Le type finit par l'ouvrir. Les coups pleuvent. Son copain, de l'autre côté de la voiture, s'impatiente.

— Magne-toi ! Ça arrive !

Le bras de l'homme passe devant moi pour décrocher la ceinture. Derrière, Quentin se met à hurler.

— Papa !

L'homme de droite l'entend et fait le tour pour le tirer hors de l'habitacle. Ma vie défile. Les coups ne me font plus rien. Si je dois crever, pourquoi pas ici ? Moi, je suis mort depuis longtemps, mais Quentin… Une colère folle m'envahit. Ce n'est plus ma main que je vais éclater, c'est ce porc qui traverse la route devant moi. C'est ce chien qui me fracasse la tête. J'appuie à fond sur l'accélérateur. La voiture démarre d'un coup. Sous le choc, un genou se brise. Le type gicle sur le capot en hurlant, s'éclate sur le pare-brise. Sa jambe bringuebale dans tous les sens, dessinant dans l'air des angles impossibles. Son corps rebondit sur le toit et s'écrase au sol. J'agrippe le bras de l'autre tout en accélérant, et le traîne derrière la voiture. Je le sens paniquer. Je veux sentir sa peur, plus intense que la mienne. Il hurle :

— Arrête ! Arrête !

Mais je n'ai qu'une envie : l'écraser ! Ce soir, je vous crame tous !

Il cherche à se libérer de mon étreinte. Il y arrive et s'écrase sur le bitume. Je pile, descends du véhicule. Quentin hurle en voyant mon visage, mes vêtements couverts de sang. L'homme tente de se relever. Coup de genou en pleine face. Il tombe à la renverse. Je me retrouve sur lui. Une rage folle m'envahit. Les coups pleuvent. Il cherche à se protéger de ses bras tendus. Je me déchaîne. J'entends son nez craquer. Les sutures de ma main gauche explosent sous les chocs. Des gouttes de mon sang frappent ses joues et se mêlent au sien. Je soulève sa tête, la précipite sur le béton. Chaque coup me libère. C'est mon frère que j'éclate. J'ai l'impression de remonter le temps. Je purge mon âme. Et, plus grand que tout, plus grand que moi, je protège Quentin.

— Arrête ! Arrête !!

La voix de mon fils me sort de mon délire. Le visage de l'homme sous moi n'est qu'un vaste hématome. L'autre type arrive jusqu'à nous en boitant. Je me relève, prêt à en découdre. Geste apaisant de sa main. Je comprends qu'il ne veut pas se battre. L'autre au sol reprend conscience. Son complice l'aide à se relever et tous deux disparaissent dans la nuit.

— Ça va, Quentin ?

— Tu es couvert de sang !

— Ça va, mon chéri. Ne t'inquiète pas…

Je remonte dans la voiture. Mon sang est partout. L'hémorragie nasale ne diminue pas. Mon corps n'est qu'une vaste sensation de douleur. Je ne veux pas rester dans cet endroit glauque. Je programme l'hôpital de la Pitié-Salpêtrière sur l'ordinateur. En chemin, j'appelle Caroline. J'ai besoin qu'elle vienne chercher Quentin. J'interromps sa soirée avec ses amies. Je me fous de sa colère et de son ironie.

— Tu es dans vingt minutes à l'hôpital !

Quentin s'inquiète pour moi. Je le rassure du mieux que je peux. Au fond de ma gorge, une boule d'émotions s'est formée et veut sortir. Pas maintenant. Pas devant lui.

Nous arrivons aux urgences. Je connais les lieux. Je sors de la voiture en titubant. Quentin m'aide à marcher. Les infirmiers se précipitent. On me charge sur un brancard. Quentin glisse sa main dans la mienne. Mon état est jugé suffisamment alarmant pour que je sois traité en priorité. Le médecin de garde me reconnaît.

— Qu'est-ce qui vous est arrivé, cette fois ?

— On s'est fait attaquer, répond Quentin à ma place. Papa leur a cassé la gueule !

— Papa a fait quoi ?

La voix de Caroline résonne dans le couloir. Mon visage en sang, mon nez fracassé, les plaies béantes de ma main gauche, mes habits maculés… ma femme est choquée.

— Ramène Quentin à la maison !

— Qu'est-ce qui s'est passé ?

— À Saint-Denis… Car-jacking… deux types…

— Tu vas bien, Quentin ? On ne t'a pas touché ? Où est la voiture ?

— Papa m'a défendu !

— Ta voiture est dehors ! Maintenant tu pars ! Et ramène Quentin à la maison !

Le ton de ma voix et mon regard agressif la laissent interdite. Doucement, elle retire la main de Quentin de la mienne et, malgré les protestations de mon fils, nous nous séparons. Au bout du couloir, la voix de Quentin me parvient encore :

— Je t'aime, papa !

La boule d'émotions qui m'étouffait jusqu'alors explose. Je pleure. Je pleure comme je n'ai jamais pleuré. Les infirmiers n'arrivent pas à me calmer. Je ne les entends pas. Allongé et meurtri sur ce brancard, je pleure ma vie. Enfin.

III

19

Le lendemain

On s'agite à ma droite. Deux bras élégants baignant dans la lumière du jour. Tout au bout, des doigts fins venus de Pologne vident le contenu d'une seringue dans une poche de perfusion.

— Fracas nasal. Il faut vous opérer rapidement avant que les os ne durcissent. Votre main gauche est recousue. Vous allez avoir deux belles cicatrices ! Votre annulaire gauche est cassé. J'ai réduit la fracture. Vous avez perdu pas mal de sang. On vous a transfusé. Antibiotiques, antalgiques... la totale. J'oublie quelque chose, Monika ?

— Non. Tout y est, docteur !

À ma gauche, le médecin de la veille. Ses yeux bleus, sa moustache fin XIXe siècle le rendent rassurant. Son prénom aussi. On ne peut pas être foncièrement mauvais quand on s'appelle Valentin.

— Vous avez des questions ?

— Quentin ?

— Quentin va bien. Votre femme et votre fils viendront vous voir après l'opération. Vous avez deux amis plutôt bruyants en salle d'attente. Ils repasseront. C'est une collègue ORL qui va vous opérer. L'anesthésiste va vous expliquer le protocole. Vous vous souvenez de ce qui s'est passé hier ?

— Oui.

— Pas de céphalées ?

— Non.

— Super. Je dois filer. Marc… il va falloir devenir raisonnable. Arrêtez de jouer avec votre squelette. Et les sutures ne sont pas des braguettes. Je vous laisse avec Monika. Elle devait rentrer chez elle hier soir, mais elle est restée et vous a tenu la main une grande partie de la nuit. Remerciez-la. Elle n'aime pas voir les gens pleurer…

20

Salle de réveil. Un emplâtre nasal recouvre mon visage. Je me sens étrangement bien. J'ai laissé mes peurs sur le bitume nord parisien. J'ai pu protéger Quentin. Cette idée me bouleverse. J'aurais tant aimé m'appuyer sur la certitude d'être défendu pour grandir ! Le danger se trouvait à la maison. Je m'endors d'un coup. Le goût enivrant du sang ne quitte plus mes lèvres.

Le lendemain, en début d'après-midi, je peux recevoir des visites. Mohammed et Chris font leur apparition dans ma chambre tout en discrétion.

— Marc, si c'est toi sous les bandages, bouge l'annulaire ! plaisante Chris.

— Y a rien qui bouge ! Ce n'est pas lui !

— Il est mort ?

— Je suis désolé pour avant-hier. Et pour tout le reste aussi, dis-je enfin.

— Pourquoi on t'en voudrait, Marc ? Parce que tu nous as zappés depuis six mois ?

— Franchement, on a pensé que depuis que tu vivais chez les bourges, tu étais devenu con, qu'on n'était pas assez bien pour toi.

— Ça n'allait pas. Je ne voulais pas vous emmerder avec mes problèmes.

— Bien sûr ! Les vrais amis, c'est quand tout va bien ! ironise Mohammed.

— Ben oui.

— T'as fait toutes ces études, t'es champion du monde de vocabulaire, et tu dis « ben oui » ?

— Chris, ça n'existe pas champion du monde de vocabulaire.

— Qu'est-ce t'en sais, Mohammed ? Tu ne sais même pas écrire ton prénom !

— Tu crois que je suis devenu podologue sans lire un livre ? Je te rappelle que ton métier, c'est de faire pousser du gazon !

— Mohammed, ton métier, il pue des pieds !

— Le tien aussi !

— Je ne vous dérange pas ?

— Excuse-le, il est trop con, ce Chris ! J'ai un cadeau pour toi. Tu vas kiffer.

— C'est trop la classe. Tu vas voir.

Mohammed sort de son sac un paquet de la taille d'une boîte à chaussures. À l'intérieur, un autre paquet. Puis un autre. Puis un autre. Enfin… une semelle.

— C'est quoi ça ? dis-je en brandissant l'étrange cadeau.

— Tu sais ce que tu tiens dans ta main ? La semelle de Neymar ! déclare Mohammed.

— La semelle de Neymar…

— Je connais tous les joueurs depuis que je bosse au PSG, reprend Chris. Neymar a une jambe plus courte que l'autre. J'ai branché Mohammed, et voilà le résultat !

— La semelle…

— J'en ai fait une deuxième, ni vu ni connu. Elle est pour toi ! Tu peux l'encadrer et la mettre dans ton living.

— Je ne suis pas sûr… Je comprends mieux pourquoi le PSG ne gagne jamais un titre.

Comme toujours en leur compagnie, le temps passe vite. Comment ai-je pu me priver d'eux ? Dans notre petit cercle, je me suis émerveillé de pouvoir rire, sans crainte. Agrippé à la main des parents de Mohammed, j'ai ressenti la bonté d'une mère, la gentillesse d'un père. Ces émotions ne m'ont jamais quitté depuis. Le monde de mon enfance m'a semblé moins dangereux car nous étions trois à l'affronter. Grâce à eux, je peux rêver le passé, l'imaginer plus doux qu'il n'a été. Mon père n'était peut-être pas un monstre ; les coups de mon frère ne me faisaient peut-être pas si mal ; ma mère me couchait parfois le soir et me câlinait, la main dans mes cheveux. Je ne leur ai jamais raconté ce qui se passait chez nous. Un jour je le ferai.

Caroline et Quentin entrent à leur tour dans la chambre. Mon fils est effrayé par le plâtre qui me recouvre l'arête du nez et remonte jusqu'au front, où il est fixé par un pansement.

— Papa ! Tu es cassé de partout ! Tu as mal ? dit-il en me prenant la main comme si j'allais mourir.

— Bonjour, Marc. Ça va ? me questionne gentiment Caroline.

Ma femme est splendide. Je n'avais pas vu sur son visage un tel sourire depuis longtemps. Elle m'interroge du regard sur mon état, s'approche de moi. Je me redresse dans mon lit. Elle m'embrasse. Son parfum. Son souffle chaud. Le revers de sa main sur ma joue. Elle dépose mes affaires de rechange et salue mes amis. Puis les questions fusent. Je partage le récit de notre aventure.

— Et tu t'es arrêté pour aller tabasser le mec alors qu'il t'avait lâché ? me demande-t-elle, surprise.

— Je ne peux pas passer ma vie à fuir !

Ma réponse laisse planer un long silence.

— Bon, on va filer, enchaîne Mohammed. On vous laisse entre vous.

— T'en as pour longtemps ici ? questionne Chris.

— Je rentre à la maison demain. On m'enlève le masque dans une semaine. Je reprends le travail dans dix jours. J'ai hâte de préparer mes cours et de retrouver mes étudiants.

— On fera la fête le week-end suivant. On recommence à zéro, comme si rien ne s'était passé, commente Chris.

Ils quittent la chambre. Nous restons à parler tous les trois. Quentin raconte sa journée à l'école. Caroline s'amuse de son récit. Il s'assoit sur ses genoux. Les mains de ma femme l'entourent. Et, de temps en temps, elle l'embrasse.

21

Le taxi me dépose devant l'appartement vers midi. Mon cœur se serre. Le sol en marbre, l'ascenseur, la porte blindée, la clé dans la serrure, j'imaginais une arrivée plus joyeuse. Je pose mon sac sur la table du salon. Tout est impeccablement rangé. J'ai l'impression de visiter un appartement témoin. Sur la table, une feuille pliée en deux. Un dessin de Quentin à mon intention : un enfant que ses parents tiennent par la main et une légende : *Notre famille au jardin du Luxembourg*

Une telle promenade à trois ne s'est pas produite depuis des années. Je suis désolé pour mon fils. Je l'imagine en train de courir dans l'appartement, de s'endormir dans mes bras, de prendre son petit déjeuner en ma compagnie. L'endroit s'anime. Les couleurs émergent. Les coussins du canapé accueillent son petit corps. Quand il est assis sur cette chaise, ses pieds battent l'air.

Sa chambre est un peu la mienne. Nous y sommes bien. Allongés côte à côte, nous avons regardé le même plafond où brillent des étoiles lumineuses. Sur sa table de chevet, les livres que nous avons lus au moment du coucher. *L'Île au trésor. Le Capitaine Fracasse.*

Ma chambre est triste. J'y suis tout seul. Les piles de livres sont des cache-misère. Elles s'élancent vers le plafond mais menacent de s'écrouler à chaque instant. Depuis combien de temps faisons-nous chambre à part, Caroline et moi ? Cela a débuté lors de l'arrivée prématurée de Quentin dans nos vies. L'un de nous devait le veiller. Et quand il a pu sommeiller seul, nous dormions séparément. Je n'ai pas d'exemple de famille qu'un drame touchant à la santé des enfants ait rapprochée.

La chambre de Caroline m'a toujours impressionné. Gamin, je n'osais pas monter au deuxième étage de notre maison, où dormaient nos parents. Je n'y étais pas le bienvenu. Ici, c'est pareil. Sauf les jours de fête… Il m'est arrivé de toquer à sa porte. Parfois à coups de poing, à d'autres moments en grattant du bout des doigts, quand la solitude et l'absence de regard me terrassaient. Je n'ai souvenir que d'une porte close. Et quand elle s'ouvrait, par miracle ou parce qu'il faut bien nourrir celui qui a faim, mon cœur s'emballait, mes lèvres tremblaient. J'entrais dans sa chambre comme on entre en religion, pour l'attachement romantique, la purge du corps et le comblement des carences affectives.

Malgré mon visage déformé par l'opération, j'ai promis à Quentin de l'attendre à la sortie de l'école. Je m'apprête du mieux que je peux pour lui faire honneur. Mais mon visage tuméfié est une horreur. Un vaste hématome recouvre ma face et déborde largement de l'emplâtre. Sans parler de l'attelle qui immobilise mon annulaire et du bandage qui entoure ma main… J'ai peur que ses amis se moquent de lui. Et puis, il y a la belle Valérie. Que va-t-elle penser ? Pourtant, j'ai envie de me montrer tel que je suis. Abîmé.

Les regards dans la rue m'indiffèrent. Il y a plus d'humanité dans ces coups d'œil en coin que dans les rires des dîners professionnels organisés par Caroline. J'arrive à l'école. Malgré la forte concentration de mamans au mètre carré, un cordon sanitaire s'est formé autour de moi. La marée montante des enfants vient s'écraser sur le bitume, emportant dans un fracas de tempête les familles au loin. Aucun ne me touche, j'ai des allures de récif naufrageur. Et devant moi… devant moi se tient mon petit Napoléon. Mon fils, Quentin. Il s'est arrêté, m'aperçoit, me dévisage. Les moqueries de ses amis. Rien n'y fait. Il s'avance d'un pas, me sourit et se blottit dans mes bras. Il me semble voir dans ses yeux de la fierté. Je suis le défenseur, le papa intrépide, le fou ensanglanté qui a réglé leur compte à ceux qui menaçaient sa vie.

— Merci, papa.

— Pourquoi, mon chéri ?

— D'être là pour moi.

Il n'en fallait pas davantage pour me rendre heureux.

— Marc, comment allez-vous ?

Valérie se tient devant moi, le cartable de Quentin à la main. Les cheveux défaits, elle est encore plus belle.

— Je vais bien, merci… Je suis désolé. Je ne ressemble à rien.

— Moi je te trouve beau, papa !

— Venez, Marc, je vous invite à prendre un café, glisse-t-elle dans un sourire.

Le moment passé à trois s'avère délicieux. Elle reste discrète sur sa vie mais son visage s'anime lorsqu'elle commente et valorise les efforts de Quentin à l'école.

Mon fils se nourrit de ses encouragements et ses troubles du langage s'amenuisent progressivement.

Son regard de myope m'enchante. Derrière ses lunettes rondes, ses iris sont deux billes vertes roulant sur un vaste terrain de jeux. Sa vision du monde est unique et bienveillante. Dans ses yeux, mon emplâtre a des allures de falaises d'Étretat.

Vous êtes où ?

Le texto de Caroline me tire de ma rêverie. Nous nous dépêchons de rassembler les cahiers et stylos de Quentin étalés sur plusieurs tables. Malgré mes protestations, Valérie sort de sa poche son porte-monnaie. Elle insiste pour payer. J'aime la voir fouiller maladroitement dans ses affaires. Nous nous quittons en nous serrant la main. Elle laisse un instant la sienne nichée dans la mienne. Pour la première fois, je goûte à sa peau.

22

Lorsque nous sortons de l'ascenseur, le couloir est plongé dans l'obscurité. Tout au fond, une lumière éclatante encadre le rectangle de notre porte, telle une éclipse solaire. À l'ouverture, nous plissons les yeux. Toutes les ampoules se démènent pour repousser les ténèbres. Au salon, trois bougies projettent leur flamme vacillante sur la table dressée. Nous posons nos affaires. Des vapeurs euphoriques de repas nous mènent jusqu'à la cuisine. Là, Caroline, magnifique nonchalante habillée de noir, se tient assise sur une chaise de bar. Elle feuillette une revue. À ses côtés, un cuisinier en toque s'active sur des plats exotiques et fins.

— Enfin vous voilà ! Ma famille à moi… Vous étiez où ?

— On travaillait au café avec Valérie, répond Quentin.

— Vous m'embrassez ?

Ses bras de déesse comblée s'ouvrent largement et l'offrande de nos baisers sur ses joues est acceptée.

— On va fêter le retour de Marc parmi nous. Vous nous servez le champagne au salon ! ordonne-t-elle à la toque sans attendre de réponse.

Caroline descend de son piédestal. Quentin glisse sa main dans la sienne. Et tous les deux ouvrent la route. J'adore la musique de ses escarpins sur le parquet – une seule note, mais tant de variations féminines. C'est celle de ma dépendance. Symphonie claquante pour masochiste heureux. Je baisse la tête. Je ne vois rien du chemin. Son parfum me drogue, ses hanches complotent.

Nous nous installons sur le canapé. En se lovant dans ses bras, Quentin s'enivre d'une tendresse qu'il connaît peu. En admirant sa beauté vénéneuse, je m'embrase d'un désir que je ne connais que trop. La toque nous apporte champagne et Champomy. Nos toasts ont des allures de fête. À table, les trois bougies achèvent leur vie et les flammes agonisent doucement. Caroline se lève. Elle en pioche trois nouvelles dans un tiroir. Autant qu'il en faudra pour éclairer notre soirée, celle de demain et toutes celles à venir de notre vie.

Le repas est joyeux, le tajine aux olives et citrons confits, délicieux. Quentin profite de notre présence. Il avait tant à dire, tant à raconter. Aucune dispute ne vient perturber notre dîner. C'est l'heure du coucher. Mon fils veut que je lui lise un livre. Je le laisse se préparer. La toque débarrasse la table et quitte la maison. Nous nous resservons du champagne. Nos coupes s'entrechoquent. Une fine couche de vernis transparent fait briller les ongles de Caroline comme autant de sortilèges.

La petite voix de Quentin m'appelle. Bien installés dans son lit, nous attaquons *La Machine à explorer le temps*, de H. G. Wells. Mon fils finit par s'endormir dans mes bras. J'éteins la lumière et les étoiles brillent toujours au plafond quand je ferme sa porte.

Au salon, Caroline m'attend, langoureusement assise dans le canapé, sa robe légèrement remontée sur ses cuisses. Les certitudes de son sourire… Je me sens prêt à ramper jusqu'à elle, à embrasser ses pieds ou ce qu'elle voudra bien me tendre. Je suis prêt à m'oublier. Le monde qu'elle a construit pour nous vaut bien tous les sacrifices. Peu importent mes rêves, si les siens se réalisent. Nous portons notre coupe à nos lèvres. Sur le cristal, mon visage, mon masque, ma douleur se reflètent. J'appuie le cristal contre mon emplâtre et la souffrance envahit ma tête. L'adrénaline se répand dans mon corps. Mon désir est douché. J'ai envie de lui faire mal.

— Je vais me coucher, Caroline.

— Il est à peine onze heures. On n'a pas fini de s'amuser.

— Cela vaut mieux…

— C'est dommage. Tu t'es montré courageux. Ce soir, la porte de ma chambre allait rester ouverte pour toi…

— Tu peux la fermer, Caroline. Tu vas prendre froid. Je vais me coucher. Bonne nuit.

Je repose ma coupe sur la table basse, me lève. Caroline se redresse dans le canapé et me regarde m'éloigner.

— Marc !

— Quoi ?

— Tu crois que tu peux partir comme ça ?

Et alors que je lui tourne le dos pour reprendre ma marche, un verre vient s'exploser sur le mur, ratant de peu ma tête.

— Qu'est-ce qui te prend ? Tu es cinglée ?

Elle se dirige vers moi d'un air décidé. Ses escarpins sur le plancher sifflent une ritournelle décérébrée.

— Tu pars quand je t'en donne la permission ! Tu comprends, Marc ?

Il ne m'en fallait pas plus pour la saisir par le cou et la plaquer contre le mur. Je sens la violence m'emporter. Mes mains se mettent à trembler. J'ai besoin de ma dose depuis que j'ai tabassé un type et roulé sur l'autre. Impossible de me sevrer. La violence est un anxiolytique puissant. Une molécule de vie ou de mort.

— Tu comptes me frapper, Marc ? Ça t'excite ? Vas-y !

Alors, faute de la battre, je la précipite dans ma chambre. Faute de l'embrasser, je la mords. Faute de l'aimer, je la brutalise. Les piles de livres s'écroulent. Je la relève, la projette sur mon lit, lui arrache sa robe. Sous la pression, les coutures craquent, les boutons volent aux quatre coins de la pièce. Ses seins apparaissent. Son ventre. Son sexe. Elle m'insulte. Je suis une sous-merde, incapable de la faire jouir. L'hystérie s'en mêle. Je la gifle. Elle plante ses ongles dans mon visage, tente de se lever. J'attrape sa main, lui tords le bras. Sous la douleur, elle se retourne. Je la bascule tête en avant sur le matelas. Ma main droite suffit pour menotter ses deux poignets dans son dos. De l'autre, je lui arrache sa culotte. Je ne vois que ses fesses. Je lui écarte les jambes en m'aidant des genoux. Je retire mon pantalon. Je la désire comme je ne l'ai jamais désirée. Pour ne plus entendre ses injures, je l'attrape par les cheveux et lui plante la tête dans les draps. Enfin je suis en elle. Je la baise !

Quand je me réveille, j'ai la nausée. La violence de notre étreinte… le plaisir niché aux antipodes de ce que je pensais être. Je me dégoûte, surtout parce que j'ai hâte de recommencer.

Caroline a quitté mon lit depuis longtemps. Sur le miroir, un « je t'aime » écrit au rouge à lèvres achève de me bouleverser. Je me précipite aux toilettes et vomis mon mal-être. Ma chambre est en pagaille, mes livres répandus sur le sol, les pages arrachées. Un vrai champ de bataille. Deux boutons dorés attirent mon attention. Je ne peux m'empêcher de penser aux yeux de Méduse. Sous son regard, je me suis lentement pétrifié. Je les fais rouler dans ma main, les pose sur ma table de chevet. Je suis sorti de ma sidération.

Je réveille Quentin, le couvre de baisers, lui passe la main dans les cheveux, le prends dans mes bras. Je me concentre sur notre routine heureuse. Je lui sers son chocolat, ses céréales et m'installe en face de lui, juste pour le regarder vivre.

23

J'ai hâte de reprendre le travail, de retrouver mes étudiants. Je me sens à présent capable de leur faire face. Leur nombre ne m'effraie plus. Je me souviens de tout ce que j'ai lu, de tous mes cours. C'était là, en moi, et je ne le voyais pas. Je ramasse les livres répandus sur le sol dans ma chambre, restaure ceux qui sont abîmés, les range à nouveau par auteurs. Je m'installe au salon, branche mon ordinateur, me replonge dans le rythme des études, des échanges avec les doctorants, les professeurs. Les doigts de ma main valide dansent sur le clavier et, malgré mon handicap, je ressens une énergie nouvelle.

La journée s'achève. Je vais chercher mon fils à l'école, retrouve Valérie. À nouveau, nous nous installons au café ensemble. Je rejoins l'odyssée spatiale de sa myopie et découvre dans ses yeux une étoile plus brillante que celle de la veille. Nous nous quittons. Caroline nous attend à la maison. Le dîner se déroule rapidement. Quentin va se coucher. Nous lisons un nouveau chapitre de *La Machine à explorer le temps*. Caroline s'impatiente au salon, où je la rejoins. Les insultes s'invitent. La patience s'éclipse. Mes tremblements reprennent. Ma main enserre son cou, sa respiration devient difficile. J'écrase son larynx. Elle tousse. L'étouffement luit au bord de ses yeux. Nouvelle pression, Caroline s'asphyxie. Ses larmes coulent. Ses ongles lacèrent mon dos. Son corps, cet objet si compact ! Impossible de s'échapper. Comme la veille, je m'effondre en elle.

Aucun de nous ne veut céder. Mais céder quoi ? La peur de se retrouver seul ? De perdre l'autre ? Au bout d'une semaine passée à se faire mal, j'excelle dans cette nouvelle discipline.

On finit par enlever mon emplâtre. Je laisse Quentin devant son école et pars arpenter les rues de la capitale. Je pense à mon frère. Ses mains tremblaient-elles, tous les mercredis de notre enfance, avant qu'il entre dans ma chambre pour me battre ? J'ai envie de lui poser la question, juste pour savoir si moi aussi je suis accro aux coups, aux têtes qui valsent et cognent contre le béton, aux pleurs, à la douleur, au sang et à la peur de l'autre…

Je remonte le boulevard Saint-Michel, me retrouve devant l'église Notre-Dame du Val-de-Grâce. J'allume un cierge pour Quentin, pour Caroline, pour Valérie, pour mes amis, pour tous ceux que je blesse. Je reprends ma marche, les mains tremblantes dans mes poches. L'interminable boulevard Saint-Jacques. Boulevard Arago. Je suis arrivé. 42 rue de la Santé. La prison où pourrit mon frère. J'ai besoin d'un permis de visite. Dans une semaine, j'irai le voir.

24

L'entrée dans la prison ne se fait pas par la grande porte historique, mais par une guérite aux vitres teintées. Premier sas, premier contrôle. On vide ses poches, on présente ses papiers. L'espace est morcelé par de lourdes portes, des grilles en acier. Le bruit des clés qui s'entrechoquent bat le rythme lent de l'incarcération. De temps en temps, une gueulante se fait entendre.

Le parloir est une pièce exiguë : une table rivée au sol, deux chaises et, tout au bout d'un mur épais, une fenêtre grillagée qui déchire la lumière du jour. Je m'installe dos au mur, le regard ancré sur la porte. J'ai du mal à reconnaître Enzo. Je l'imaginais plus grand, plus fort. Ses cheveux ras ne cachent rien des cicatrices qui parcourent son crâne et son visage. Son cuir chevelu, déchiré sur quinze centimètres par un coup de serpette, trace un improbable équateur entre l'os frontal et l'occipital. Ses sourcils ont éclaté plusieurs fois, laissant visibles de blancs chemins de traverse sur les saillies arquées. Son nez fracturé s'est consolidé en partant sur la gauche. L'ensemble lui donne des allures de boxeur à la retraite.

— Qu'est-ce que tu viens faire ici ?

— Je ne sais pas trop.

— Comment va maman ?
— Elle va bien. Toujours là où on n'est pas.
— Tu es encore marié ?
— Jusqu'au cauchemar.
— C'est le genre de cauchemar qui manque en prison… Quentin ?
— Il grandit. Il parle de mieux en mieux.
— Tu as une photo ?
— Oui.
Je lui tends celle qui se trouve dans mon portefeuille.
— Il est beau… Il est en quelle classe ?
— CM1. Il a neuf ans, avec une petite année de retard.
— Tu as de la chance d'avoir Quentin.
— C'est sûr. Sans lui…
— Je serais heureux de connaître ton fils.
— Ça n'arrivera jamais.
— Pourquoi ?
— Tu es en taule.
— Je sors dans six mois.
— Quentin ne sait pas que tu existes.
— Tu ne lui as jamais parlé de moi ?
— Non.
— Pourquoi ? Tu as honte ?
— Entre autres.
— Je pourrais lui raconter notre jeunesse, notre famille. J'ai eu le temps d'y penser.
— Je ne suis pas sûr qu'il ait besoin de savoir ça.
— Tu te trompes.
— Ce ne sera pas la première fois. Et puis, tu vas lui apprendre quoi ?
— À ne pas commettre certaines erreurs.

— Il a déjà assez à faire avec les miennes.

— Tu as raison. Je n'ai rien à lui apporter. Reprends ta photo... Qu'est-ce que tu viens faire ici ?

Les murs de cette pièce m'écrasent. Mes mains tremblent. Je n'arrive pas à parler. J'ai juste envie de me lever, de lui écraser ma chaise sur le crâne et de l'achever à coups de pied. Je ne sens aucune animosité dans sa voix ou ses yeux. Mon agitation l'amuse.

— Bon, tu n'as rien à me dire, dit-il en se levant, je m'en vais. J'ai des livres qui m'attendent.

— Pourquoi tu me tapais dessus ?

Il se rassoit. Mes mots réussissent enfin à sortir, flot diffus, surproduction verbale poussée par des émotions enfantines, logorrhée traumatique, débit rapide comme les raclées du matin. Mercredis d'enfer, coups de poing, indifférence générale, banalité du mal, envies d'aimer écrasées sur le bitume de l'école, visage en sang, ombre du suicide... Les souvenirs s'invitent sans temporalité. Vertige brumeux et géant. Descente sans fin dans le maelstrom d'une vie en souffrance. Impossible de m'arrêter. Si je m'arrête, je le tue. Alors je continue, les deux mains accrochées à la table. J'honore mon désespoir, je lui invente des mots. De ceux qui n'existent pas, normalement, quand on a onze ans et la vie devant soi. Je crie, parce que, dans ce parloir étriqué, les mots rebondissent sur les murs et finiront par être entendus. Je pleure car les douleurs d'hier sont toujours celles d'aujourd'hui. Je hurle parce que mon bourreau a sali l'ami, le frère, que l'existence m'avait donné. Je l'agonis d'injures enfin, parce que la déchéance et les scories de cet amour fraternel encombrent mon âme jusqu'à la nausée !

— Tu n'as pas ramassé la moitié de ce que j'ai reçu, me dit-il. Non seulement il m'enfermait à la cave, mais il venait me cogner la nuit. Pour le plaisir. Toi, tu dormais pénard dans ton lit. Si je n'avais pas poussé notre enculé de père dans l'escalier, il t'emmenait à la cave ! Tu n'aurais pas survécu ! J'ai sauvé ta peau !

Pendant un instant, ses yeux se sont embrasés de cette fureur qui me brûlait quand, sous lui, je tendais les bras pour éviter ses coups.

— Je ne savais pas…

— Tu l'as vu me frapper ! Alors, ferme ta gueule ! Je sors bientôt. Fous-moi la paix.

Il quitte le parloir. Je reste assis en silence. L'écho de ses pas se confond avec le souvenir du fracas du corps de mon père dévalant les marches pour s'écraser sans vie en bas des marches.

De retour à l'air libre, j'éprouve une étrange compassion. J'imaginais la haine plus naturelle. Je convoque les pires souvenirs de mon enfance, rien n'y fait : je n'arrive plus à lui en vouloir.

Je me souviens de ses retours tardifs à la maison, après la mort de notre père. Il avait cessé de me cogner dessus, trouvant hors du domicile des occasions de passer sa rage. Il s'abîmait le corps pour ne plus penser. Notre mère, lassée, ne se levait même plus pour le soigner. Dans la salle de bains, la tête dans la vasque, il se mouchait à l'américaine. Son sang à demi coagulé mouchetait la céramique blanche. Il se passait de l'eau sur le visage, redressait lui-même sa cloison nasale, versait de l'alcool pur sur les phalanges abîmées. Il regagnait sa chambre sans un mot. Je dois l'admettre, vingt ans plus tard, j'admire toujours cette bravoure absurde, celle qui comprime les émotions dans les poings, explose dans les ruelles et s'endort dans des draps frais.

Sa vie est un exemple à ne pas suivre. Pour la première fois, sans s'en rendre compte, Enzo joue enfin son rôle de grand frère.

25

Un week-end en famille. Deux jours complets ensemble. Quentin n'y croyait plus. Samedi, au musée des Arts forains, où se déroulera la grande fête annuelle organisée par le comité d'entreprise d'Inter Télécom. Dimanche, promenade au jardin des Plantes. Il pousse la porte de ma chambre, s'étonne et se réjouit de trouver sa mère à mes côtés. La nuit a été agitée et violente. Sans doute s'est-elle laissé surprendre par le sommeil…

Quentin se précipite entre nous. Je l'attrape, le chatouille. Le voir heureux fait ma journée. Caroline l'embrasse, lui passe la main sur la joue. La tendresse lui va bien. Elle récupère sa robe de chambre en satin, en noue les pans autour de sa taille. Nos regards admiratifs la mettent un peu mal à l'aise. Caroline est belle. Elle sourit et s'éclipse très vite dans sa salle de bains en nous envoyant un baiser avant de refermer la porte.

Quentin nous a préparé un petit déjeuner. Jus d'orange, toasts, café. Nous nous retrouvons tous les trois autour de la table. Le soleil de septembre réchauffe le salon. Il fait un temps magnifique. Machinalement, Caroline allume son téléphone. Une pluie de textos vient enlaidir la journée.

— Zut, mon patron veut que j'aille travailler dimanche.

— Il n'est pas au courant que, le week-end, c'est pour la famille ?

— Si. Je lui ai même dit que nous irions au jardin des Plantes… Bon, vous irez sans moi.

— Il n'en est pas question. Tu comprends ? Tu lui dis que tu ne peux pas. C'est tout.

Caroline hésite. Mon regard menaçant la glace. Et peut-être a-t-elle aussi envie de passer une journée avec nous. Elle envoie un court message et repose son téléphone.

— Bon, on y a ? Les pavillons de Bercy nous attendent !

— J'ai envie de voir la licorne qui joue du piano !

— Et moi, l'éléphant en montgolfière !

Le musée nous accueille, son jardin extraordinaire, son cabinet de curiosités, son théâtre du merveilleux. Les employés d'Inter Télécom se pressent avec leurs familles et passent d'un univers onirique à l'autre. Plus de quatre mille personnes. C'est la fête ! Caroline est magnifique dans sa robe courte bleu marine à col bateau et ses escarpins. Nombreux sont les salariés à venir la saluer. Mais elle s'amuse avec nous. Un vieux manège à chevaux de bois nous fait tourner la tête. Quentin se gave de bonbons, de gaufres et de barbe à papa. Nous quittons les arts forains pour les salons vénitiens, parés pour un soir de carnaval au XVIIIe siècle. L'endroit est plus intime. Nous nous enflammons pour une course de gondoles et ses bateaux automates. Au chamboule-tout, jeu de massacre ancien où Caroline nous fait admirer son adresse, une voix détestable se fait entendre :

— Caroline, quel talent pour bouleverser les organisations !

Derrière nous, le roi et sa femme. Et, à distance respectueuse du couple royal, un éventail de courtisans se disputant le privilège de son inestimable compagnie. Pas de bâton de promenade, mais un nuage de rires complaisants à chaque plaisanterie.

— Vous rejoignez notre petit groupe ?

— C'est qui ? demande Quentin.

— L'éléphant en montgolfière !

— Elle est où, la montgolfière ?

— Derrière lui.

— Je vois que… votre lettré de mari a fait le déplacement. Il me restait à connaître votre fils. Il ressemble fortement à son père !

— À moins que ce ne soit le pingouin jongleur…

— Marc, ça suffit, interrompt Caroline.

— … Ou le bandit manchot.

— Dites-moi, reprend le PDG en s'approchant de Caroline, je n'ai pas bien compris votre dernier message. Je vous attends demain au bureau. Un dossier urgent à préparer pour le conseil d'administration de lundi… vous comprenez ?

— Cela ne va pas être possible ! Demain, ma femme se doit à son fils et à son mari.

— Oui, nous allons ensemble au jardin des Plantes.

— Vous nous décevez, Caroline ! Je vous croyais plus ambitieuse.

— Et si vous poursuiviez votre route avec votre clique ? Vous avez sans doute d'autres salles de spectacle à coloniser.

— Marc, tu veux bien me laisser régler cette affaire ?

— J'ai une furieuse envie de lui faire manger son cigare. Alors pour éviter le drame, Quentin et moi, on s'en va. Tu viens avec nous, ou tu nous quittes. Tu as dix secondes, le temps pour nous de changer de monde. Viens, Quentin, la cité des Doges est polluée par les algues vertes. L'air est irrespirable ici.

Mon agressivité et mon ironie ont surpris l'assemblée. Les courtisans ne savent plus s'ils doivent rire, et le roi sur qui passer sa colère. Main dans la main, nous nous dirigeons vers la salle des miroirs.

— Qu'est-ce qu'elle fait, maman ?

— Elle discute avec l'éléphant.

— C'est mort… elle ne viendra pas. Ne t'inquiète pas, Quentin, ça ne va pas nous empêcher de nous amuser.

Les innombrables miroirs biseautés de la pièce suivante diffractent la lumière. Dans l'un, la silhouette élégante de Caroline émerge des rideaux. Elle se précipite à notre rencontre.

26

Ce matin, les cours reprennent. Je traverse le jardin du Luxembourg d'un pas décidé. Les arbres ont abandonné leur parure automnale. Les chaises poursuivent seules des conversations engagées la veille. Au loin, les murs aveugles du Panthéon écrasent l'humanité.

À la Sorbonne, le doyen m'a convoqué pour un entretien qui n'a rien d'amical. La qualité de mon enseignement s'est effondrée. Des élèves se sont plaints de mes absences injustifiées et j'ai passé beaucoup de temps à l'hôpital ou en convalescence. Les échéances se précipitent, ma disgrâce aussi. Le batracien m'attend dans son bureau. Tête sans cou, large mâchoire sans menton, nez fin écrasé entre deux yeux globuleux, tempes affaissées, rares cheveux blancs. Ses petites pattes s'agitent. J'accueille son sermon glaireux. Derrière lui, une *Anthologie de poésie d'amour: de Catulle à Boris Vian*. J'ai envie de me lever et de lui enfoncer le livre dans la gorge… J'arrive à me contrôler. L'enseignement est toute ma vie. Je prends une longue respiration et entame ma plaidoirie. Mes problèmes familiaux sont derrière moi, plus question de manquer un cours. Je finalise cette semaine le colloque sur l'influence des découvertes archéologiques sur les arts et les lettres. Rasséréné, l'homme me congédie d'un vague claquement de ses doigts gourds. Je me lève en repoussant son bureau. Ses piles de dossiers s'écroulent. Quand je quitte la pièce, il coasse encore…

Ce matin, l'amphithéâtre est bondé. Le parfum doux-amer de la cire, les sièges alignés comme autant d'alvéoles, le vrombissement des conversations. Je me sens l'âme d'un frelon asiatique. Si l'une de ces ouvrières sort du rang, je lui coupe la tête.

— Bonjour. Je suis de retour aux affaires littéraires. Certains d'entre vous se sont plaints de mes absences. Rassurez-vous, on ne va plus se quitter. Aujourd'hui, nous étudierons Henry de Montherlant. Ses romans, son théâtre, ses essais. Son constat sans appel d'un monde voué à la décadence. Son désir de faire retraite, de se tourner vers le néant…

Le cours se déroule sans accroc. Pas un bruit dans les travées. Seule la musique sourde des stylos grattant le papier, le murmure des pages tournées et le cliquetis des doigts sur les claviers d'ordinateur. Pourtant, au fond de mon porte-documents, mon téléphone vibre comme un mauvais présage, par trois fois. J'en suis sûr, l'enfer m'attend au bout du fil. À la fin de l'heure, la foule des étudiants quitte les lieux. Aucun ne s'arrête pour me parler ou me saluer. J'en profite pour écouter mes messages. C'est l'école de Quentin. On me demande de venir en urgence. Je ne peux pas abandonner à nouveau mon poste. J'ai deux rendez-vous qui s'enchaînent avec des doctorants. Tant pis, je pars, traverse le jardin du Luxembourg au pas de charge, passablement énervé et inquiet pour mon fils. Sur place, on m'amène chez le directeur. Quentin se tient assis sur une chaise dans un coin, la tête baissée, les yeux rougis, visiblement traumatisé par la tournure des événements.

— Quentin a poussé un de ses camarades dans l'escalier. Ce dernier est à l'hôpital, avec le bras cassé. On ne tolère pas ce type de comportement dans l'établissement.

— Où se trouve son accompagnante ? Valérie ?

— Elle est malade aujourd'hui. Nous vous demandons de rentrer chez vous avec Quentin. Je vous appellerai pour vous donner des nouvelles de son camarade. Son état de santé nous inquiète.

Nous nous retrouvons dans la rue. Quentin marche à mes côtés en regardant le bitume. Je n'arrive pas à parler. Je me retiens de le gifler. La colère m'envahit et rougit l'espace.

27

Nous marchons au pas de charge, direction la maison. Mes enjambées engloutissent Quentin, qui trottine à mes côtés. Ses petits pas pourraient adoucir ma colère, ils rythment ma rancœur. Il essaie de me parler, je n'entends rien. Ses mots trébuchent. Il s'affale sur le bitume. Je saisis la poignée de son cartable, le décolle brutalement du sol. Nous reprenons notre course. S'il doit tomber, ce n'est pas dans la rue. Pas ici.

Quentin glisse sa main dans la mienne. La chaleur de ses doigts se perd sur l'acier de mon attelle. Je ne veux pas qu'il me touche. La pluie s'invite. Les gouttes rebondissent sur l'asphalte et heurtent mon crâne. L'eau coule dans mon cou. Je m'en moque. Quentin enlève ses appareils auditifs et les place dans sa poche. Ils ne résistent pas à la pluie. Lui non plus. Il a de plus en plus de mal à me suivre. Mon pas s'accélère et chaque impact est une explosion.

Enfin, notre immeuble. Nous sommes trempés. Mon fils remet ses prothèses, le souffle court. Je ne sais pas comment le punir. Le frapper? Le gamin à l'école aurait pu crever. La colère m'emporte. J'ai envie de lui hurler dessus, de lui faire mal. Mon rythme cardiaque s'emballe. Je ne sais pas quoi faire. Mes mains me démangent. Je les range dans mes poches, loin de sa tête, et tente de contrôler ma respiration. Quentin panique. Il pressent derrière l'étoffe des coups de poing pour plus tard. Ses lèvres tremblent. Il voudrait s'enfuir.

Une porte se dessine dans l'ombre au fond du couloir. Je ne la voyais pas. La lueur écarlate d'une alarme incendie la révèle. J'aperçois ses capitons de cuir rouge, ses rayures en diagonale, ses déchirures. Je la reconnais. Je ne connais qu'elle. Cette porte, elle est en moi. Elle l'a toujours été. C'est celle de mon enfance.

La porte de l'ascenseur s'ouvre au rez-de-chaussée. Quentin se précipite à l'intérieur. Je l'attrape par le poignet, le sors brutalement. Dix mètres plus loin, la porte de la cave. Quentin déteste cet endroit. Il n'y a ni fenêtre ni personne. C'est sombre. Il se débat, se met à hurler. Il refuse de me suivre. Ses cris s'étouffent dans sa gorge. J'enclenche le minuteur. La lumière gicle dans l'escalier. Il me demande où je l'emmène en bégayant. Mon dos cache la lumière, je ne vois plus très bien les marches. Je manque de tomber. Il réussit presque à s'échapper. Mes doigts enserrent son avant-bras, écrasent ses tendons. Je le traîne. Il s'accroche à la rampe. D'un coup, je lui fais lâcher prise. L'obscurité est tombée brutalement. J'entends sa peur. Un souffle froid racle les murs et frappe mon visage. Une odeur de compost, de poussière et de mort-aux-rats me donne envie de vomir.

Quentin ne résiste plus, nous sommes trop loin sous terre. L'effroi d'aller de l'avant vaut celui de repartir en arrière. Il s'abandonne. Nouveau tour de minuteur. Quelques secondes de lumière. Je le découvre, le regard perdu en l'air. Peut-être cherche-t-il des étoiles, comme celles qui éclairent le plafond de sa chambre. Devant nous, l'ébauche d'un long couloir se perd dans les ténèbres ; de part et d'autre, les portes numérotées des caves se succèdent. Un labyrinthe en ligne droite. Il me suit sans savoir où nous allons. L'escalier a disparu depuis longtemps. Porte 106. Je lui lâche le poignet. Il pourrait s'échapper, mais pour aller où ? Je tire mon trousseau de clés de ma poche. L'éclairage s'évanouit d'un coup. Un « pa… pa ? » déchire le silence. Quentin est terrifié. Ma clé racle la porte en cherchant la serrure. Mon attelle lui griffe le cou quand je le précipite à l'intérieur. La cave est petite et la lumière comptée. Je tourne l'interrupteur. Quelques cartons. Deux valises.

— Combien de temps penses-tu devoir rester ici après ce que tu as fait ?

Quentin pleure. Il ne comprend pas pourquoi il est ici. Il veut sortir. Sa diction chancelle. Le compte à rebours l'étouffe. Il n'arrive pas à parler. La lumière crève d'un coup.

Je sors de la pièce, referme la porte, la verrouille, le laisse dans le noir. Il m'appelle. Il hurle pour que je l'entende. Il n'arrive pas à croire que je le laisse là. Je pars. Plus un bruit. Il retient son souffle, certain de mon retour. Mes pas s'éloignent. Le silence éclate. Quentin est seul.

Je parcours le chemin en sens inverse. Pour ne pas sombrer, il pourra toujours chercher l'interrupteur dans la cave… c'est bien plus que nous n'avions au fond de notre trou. Il s'en remettra, apprendra et grandira droit, la tête sur les épaules.

Malgré mes certitudes, chaque pas vers la surface me met mal à l'aise. Sans la présence de mon fils à mes côtés, le vide me submerge. J'ai beau argumenter, je me sens d'une nullité crasse. Une fois à la lumière du jour, j'entends les enfants s'amuser au jardin du Luxembourg. Où se trouve le mien ? Sous terre, dans le noir.

Je respire profondément pour éviter la panique. Je n'arrive plus à raisonner. Devant la grille de notre immeuble passe une petite fille. Elle déguste une glace à la vanille en tenant sa maman par la main.

Je me précipite à la cave, dévale l'escalier. Le minuteur, le grand couloir, les sales odeurs de terre mouillée, la poussière. Course folle. Je traverse les ténèbres en ligne droite. Je hurle le prénom de mon fils pour qu'il m'entende. J'ouvre la porte. Quentin s'est reculé. Il craint les coups. Je me rue à l'intérieur. Des larmes couvrent son visage. Son regard est triste. Je l'ai trahi. Je le prends dans mes bras et le serre fort, de toute la douceur de mon âme perdue. Ses bras sont inertes et ballants.

— Pardon, Quentin ! Pardon !

28

Je sors de la cave en tenant mon fils contre moi. La légèreté de son corps me surprend. Ses jambes enserrent mon buste, ses bras mon cou. Sa chevelure en désordre frôle mon nez. J'aime son odeur de pain chaud, elle me rappelle sa fragilité… et ma brutalité. Son cartable rebondit sur son dos. Enfin, la lumière du jour.

Ma seule raison de vivre, je la serre dans mes bras. Sans Quentin, je serais mort depuis longtemps. Je veux me tuer. J'y pense souvent. Abandonner l'agressivité, la haine, la violence reçues en héritage. Elles nécrosent mon corps, me privent d'oxygène. Je contamine ceux que je touche : je traumatise mon fils, je frappe ma femme. Me suicider… Un shoot de mort pour trancher mon âme gangrenée. Pourtant, je tiens dans mes bras la vie. Je sens son cœur et sa respiration. Nous partageons l'air et les chocolats chauds. Nous chevauchons les secondes, donnons un sens au temps qui passe. J'aime mon fils. Ensemble, nous bâtissons une éternité de petits moments.

Il refuse de me regarder. Sa petite tête est pressée contre ma poitrine. Impossible de desserrer son étreinte.

— Je ne veux pas te voir ! Tu me fais peur !

— Laisse-moi te regarder…

— Non.

Sa voix est hésitante. Nous sortons dans la rue, collés l'un contre l'autre. La pluie s'est arrêtée. Une terrasse de café nous accueille. Assis, je commande deux boissons. Je laisse ma main se perdre dans ses cheveux. Je l'embrasse un million de fois. Autant qu'il le faudra pour m'excuser, le rassurer.

— Quentin, mon chéri, ce n'est pas ta faute. Je suis sûr que tu avais une bonne raison pour pousser ton camarade. Je n'en avais aucune pour t'enfermer à la cave. Pardonne-moi…

Ses bras se détendent un peu. Son visage et son regard me fuient toujours. Sa tête se décolle légèrement de mon buste quand on nous apporte nos chocolats. La serveuse nous sourit. J'ai toutes les apparences d'un bon père.

Je caresse sa joue. Elle est chaude et les coutures de ma chemise se sont imprimées sur sa peau. En soulevant doucement son menton, je redresse son visage. Nos regards se rencontrent. Ses yeux plissés sont prêts à se fermer, les miens à se détourner. C'est bien nous.

— Je ne voulais pas le blesser. Juste que ça s'arrête.

— C'est un accident, Quentin.

Sa confiance revient. Sa prononciation est plus claire. Il me raconte toute son histoire sans s'arrêter. Le gamin se moquait de son élocution, de ses appareils auditifs. Sa place se trouverait chez les handicapés, pas dans cette école. Quentin a fini par le pousser dans l'escalier pour le faire taire. Je l'écoute, lui souris, le cajole. Il quitte mes genoux pour s'attaquer à sa boisson. Sa moustache en chocolat me renvoie à notre joie du matin, au spectacle de sa vie.

— Et toi, tu vas arrêter ?

— Quoi ?

— De me faire peur ? De te battre avec maman ? Avec la terre entière ? Tu ne me mettras plus jamais à la cave ?

— Je te le promets. Je t'aime. Sans toi, je suis tout vide.

IV

29

Six mois plus tard

Maman est morte. Ou presque.

Gabrielle et Karl, ses chihuahuas papillon, ont eu raison d'elle lors d'une promenade nocturne. Tandis qu'elle ramassait les déjections de l'un, la laisse de l'autre s'est enroulée autour de ses jambes. Elle est tombée en avant, sa tête a heurté une poubelle. Traumatisme crânien, perte de conscience. On l'a trouvée allongée dans la rue, inanimée. Ses chiens aux longues oreilles, toujours accrochés au bout de leurs satanées laisses, voletaient autour d'elle. Les secours sont intervenus. Trop tard pour son cerveau. Sa conscience est revenue à l'hôpital, mais les dommages étaient irréversibles. Elle est désormais installée dans sa chambre, au deuxième étage de la maison. Son lit est son domaine ; sa salle de bains, un lointain royaume qu'elle aborde en clopinant. Il faut organiser sa dépendance, bâtir autour d'elle une existence alors que la vie la quitte. Une aide à domicile, deux fois par jour, pour lui faire à manger et l'aider à se déplacer de son lit aux toilettes. Une infirmière pour les piqûres et les soins. La vieillesse n'est pas un lent processus, c'est un accident brutal qui vous propulse loin de votre corps et de vos capacités.

Ce jour-là, je suis chez elle. Je gare ma Guzzi dans le jardin, retire mon casque, gravis l'escalier qui mène à sa chambre. J'ai l'impression de commettre un sacrilège. Le second étage a toujours été le sien. Ne rencontrant nulle part son amour, mon cœur d'enfant a toujours imaginé qu'il se trouvait caché là-haut et qu'un jour, elle daignerait le descendre jusqu'à moi.

Je frappe à sa porte. Aucune réponse. Je l'ouvre doucement. Ma mère est allongée dans son lit, endormie, le souffle court. Les racines blanches de ses cheveux n'ont jamais été aussi visibles. Son visage fatigué est celui d'une vieille. Karl et Gabrielle sont assis au pied de son lit, tels deux sphinx d'opérette, les yeux exorbités, les oreilles démesurées.

Dans un coin, Coco, le lapin nain, s'agite dans sa cage. Il me regarde et lâche une crotte. Aucune photo de notre famille. Partout, des bouteilles de parfum, des sacs, des chaussures, des habits, du maquillage Chanel. Aucune trace de mon père. Au-dessus de son lit, enchâssé dans une niche bâtie pour le recevoir, son cadeau de retraite, une bouteille d'eau de parfum Chance de cinquante centimètres de haut.

Il n'y a rien pour moi dans cette chambre. Aucun philtre d'amour susceptible de combler mes manques affectifs. J'en veux à sa détresse d'écraser mon dernier rêve d'enfant. L'absurdité du décor, des personnages, me laisse sans voix.

— Qu'est-ce que tu fais là, Marc ? Tu n'as pas le droit de monter ici.

— Je suis venu te voir. Prendre soin de toi.

— Tu t'es lavé les mains ?

— Oui.

— Tu n'es pas obligé de venir. Je n'ai pas envie de te voir.

— Je le fais avec plaisir.

— Papa est là ?

— Papa… Lequel ? Le tien ou le mien ?

— Le mien.

— Non.

— Dis-lui de faire attention sur la route. Et de mettre sa ceinture…

Ceinture, laisse, baudruche… l'histoire de ma mère est une triste histoire de fil.

30

Les yogis sont des cons.

J'ai acheté l'intégrale de Deepak Chopra pour apprendre à « faire face à l'impermanence ». Sans succès. Allongé sur mon tapis, je tente de contrôler ma respiration. Des petites pointes viennent labourer mon dos. J'approche de la sagesse et de la septicémie. Vingt et une méditations plus tard, je serai libéré… Ma liberté me pourrit l'existence. J'exècre ma compagnie, geignarde et sans talent. Peut-être ma vie n'a-t-elle de sens que dans le malheur. Mon petit appartement de trente mètres carrés, situé carrefour de l'Odéon, au cinquième étage sans ascenseur, ressemble à une cellule. Je répète en boucle le mantra du jour, « Shivoham… », relègue en périphérie l'envie de me foutre en l'air et de sauter par la fenêtre. « Shivoham… » Cela ferait quand même un beau vol plané avant d'exploser sur le béton. « Shivoham… » Je la ferme à regret, roule mon tapis très serré et le glisse dans le placard où j'ai tassé ma vie et mes produits ménagers. L'espoir est ma source de force…

Les rires au café d'en face serpentent jusqu'à moi. C'est samedi, il fait beau. Je ne sais pas quoi faire. Je cherche nerveusement la télécommande de la télévision au milieu des cartons de livres empilés dans le séjour qui fait office de bibliothèque, de chambre d'amis et de salle à manger. Je finis par la trouver. Une émission sur la nature. On relâche un singe. La porte de la cage s'ouvre. Le chimpanzé refuse de sortir. Moi aussi.

Je pense à mon fils. Ne pas le voir est une torture. Une semaine sur deux, je me perds dans son absence. Ses respirations, ses sourires, ses matins chocolatés, sa main dans la mienne… tout me manque. Pour ne plus me battre avec sa mère, il a bien fallu que l'un de nous deux disparaisse. Notre histoire d'amour tournait au fait divers. L'appartement semblait suffisamment vaste pour que nous nous évitions, mais la nuit, la présence vénéneuse de Caroline à portée de mes poings me réveillait en sueur. J'anticipais ses déplacements d'une pièce à l'autre. Chacune de ses inspirations me rapprochait d'elle, chacune de ses expirations me poussait vers elle. Nous entrions en collision dans le couloir. Notre no man's land volait en éclats. Aucun cessez-le-feu. Nos nuits trébuchaient sur nos addictions. La sarabande de nos coups réveillait mon fils et l'entraînait dans notre déchéance.

Un matin, le voyant fatigué, je lui annonçai ma décision de prendre le large et de vivre tout près de lui mais loin de sa mère. Pour notre bien à tous, le sevrage était de rigueur. Je voulais lui apprendre de belles choses, plus utiles que le spectacle de notre couple malade.

Quand Caroline découvrit mon départ, elle me promit l'enfer. Elle tint parole. Les serrures de son appartement furent changées. Les comptes bloqués. Une meute d'avocats se chargea de me mener la vie dure, de me séparer de mon fils. Quentin voulait vivre avec moi. Nous nous sommes accordés sur une garde partagée. Je le récupère un dimanche soir sur deux. Je lui ai aménagé la grande chambre, celle qui fait neuf mètres carrés. Je me fous de savoir où je dors quand il est à côté.

La nuit, Caroline me hante. Je sens son parfum, la chaleur de sa peau. Je me lève, parcours mon appartement à sa recherche. Son corps me manque. Notre folie aussi…

31

Ma Guzzi a des allures de pur-sang.

Elle trace sa route sur le pavé parisien, terrifie les vieilles dames, slalome entre les déjections canines, frôle les jambes de la jeunesse dorée parisienne. Je n'ai rien à faire, alors je roule à moto. Le spectacle de la Seine m'enchante. J'aime sa nonchalance où la petite histoire des hommes se perd, de la Saint-Barthélemy à la réforme des retraites.

Le vent du sud m'emporte vers le nord, vers la gare de l'Est. Je me sens pour la première fois l'âme d'un voyageur. Tout le monde se moque de savoir où je vais. Je rends visite à mon passé. Sa partie fleurie, parsemée d'espoir. Dans le quartier indien coincé entre la gare du Nord et le métro aérien, vers La Chapelle où les vitrines osent le rose fuchsia, les camaïeux de bleus éclatants, les rouges pour le grand jour du mariage, l'or, vivent Dolly et son mari sri-lankais. Ensemble, ils travaillent dans la boutique familiale et vendent des saris. Mohammed et Chris m'ont toujours donné des nouvelles de Dolly. Jamais je n'ai osé la revoir.

À l'intérieur du magasin, au milieu des couleurs chatoyantes, se dessine mon amour de jeunesse. À ses pieds, deux jeunes enfants. Sa taille s'est élargie, sa robe dissimule mal ses formes épanouies. Elle me voit, me reconnaît. Elle abandonne sa cliente, demande à son mari de la remplacer et me retrouve sur le trottoir.

— Marc, c'est toi ?

— Oui.

— Qu'est-ce que tu fais là ? me dit-elle sans aucune chaleur.

— Je suis venu prendre de tes nouvelles.

— Tu t'es réveillé ce matin et tu t'es rappelé que j'existais quelque part… Tu voulais voir à quoi je ressemble ? Si j'avais grossi ? Changé ? Vieilli ? Tu es content de ce que tu vois ? Voilà ! scande-t-elle en écartant grand les bras. Regarde !

— Tu es belle, Dolly !

— Marc, tu t'es comporté comme un porc avec moi. Tu as oublié ce que tu as fait ? Ce que tu n'as pas fait ? Ce que tu m'as dit ? Et surtout ce que tu ne m'as jamais dit ? Qu'est-ce que tu veux ?

— Te remercier et m'excuser.

— Tiens donc ! dit-elle en se radoucissant un peu.

— Sans notre amour de jeunesse, je me serais sans doute… suicidé. Je voulais te demander de m'excuser. C'était juste impossible de te raconter ce qui se passait chez moi.

— Tu aurais dû.

— J'ai fait de mon mieux, mais il y avait trop de violence à la maison. Mon frère, mon père… J'avais honte. Je ne trouvais pas les mots. Bon… je vais te laisser, si c'est ce que tu veux.

— Ce que je veux ? Ça t'intéresse ce que je veux, trente ans plus tard ? Tu es ce qui m'est arrivé de pire ! En sixième, j'étais heureuse, tu étais mon amoureux. Nous étions côte à côte en classe. Tu glissais des déclarations d'amour anonymes dans mes poches. C'était touchant. Mais tu ne me disais jamais rien. J'étais amoureuse de toi. Je l'ai été toute ma scolarité. Mais en te sentant si triste tout le temps, je me suis trouvée nulle. Tu disparaissais de ma vie et tu revenais quand tu en avais envie. Je me suis épuisée à t'aimer. À seize ans, je me suis donnée à toi. Pour rien. J'ai honte de moi. Nous avons fait l'amour. Je suis sûre que tu ne t'en souviens même pas. Tu ne m'aimais pas. C'était évident et je ne le voyais pas…

— Bien sûr que je m'en souviens !

— Et là, tu reviens me voir. Presque trente ans plus tard… tu débarques comme une fleur ! À part ton nombril, tu ne vois rien ! Je ne crois pas que tu sois un manipulateur pervers, tu es juste toxique et con !

Notre amour de jeunesse se délite sans un bruit sur le béton parisien. Dolly se retourne et me quitte pour de bon. Je me sens tellement nul… J'ai honte.

— Dolly !

— Quoi encore ?

— Pardon.

Ma Guzzi a des allures de carne vouée à l'équarrissage. Comme moi. Je trace ma route, mon amour-propre dans les chaussettes. Le soleil suspendu à l'horizon referme doucement les portes du passé.

32

Je conduis jusqu'à la porte d'Auteuil. Mohammed et Chris sont déjà installés dans notre brasserie, *Le Moliteuil*, avant le match du Paris Saint-Germain. Grâce à leur présence, mes soirées passées à broyer du noir m'ont paru moins longues. Chris m'a prêté de l'argent, le temps que je puisse accéder à mon compte. Tous deux se sont rendus disponibles pour monter les cinq étages, les bras chargés de cartons de livres. Les premières nuits, ils accueillaient mes angoisses avec bienveillance au téléphone. Ils me donnaient la force de tenir jusqu'au matin suivant. J'ai pu révéler ma faiblesse et partager ma peine.

Au Parc des Princes, vingt-deux numéros poursuivent une balle en cuir sur un grand tapis vert. En périphérie, quarante-huit mille spectateurs hurlent. Trois d'entre eux possèdent le même talisman, une semelle en latex qu'ils embrassent à chaque but en braillant et en se prenant dans les bras.

Ce dimanche s'annonce comme un jour de fête. J'ai rendez-vous avec mon fils. Je me rase de près. Je veux pouvoir l'embrasser des millions de fois sans irriter sa peau. Je me parfume, me coiffe, m'habille du mieux que je peux. Arrivé en bas de son immeuble, j'annonce mon arrivée à l'interphone. Quentin me répond. J'entends sa joie, il est pressé de me retrouver. Quelques minutes plus tard, il sort de l'ascenseur avec sa nouvelle nounou. Une jeune Anglaise, vissée dans son chignon serré, vit désormais à domicile. Elle occupe mon ancienne chambre, se charge des repas, des devoirs de la semaine, des longues soirées qu'il passe seul. Les priorités de Caroline n'ont jamais été aussi claires, et Quentin n'en fait pas partie. Elle lui consacre une soirée par semaine. Cinéma, McDo, promenade au jardin du Luxembourg. Parfois, en le voyant courir au milieu des tilleuls, elle se surprend à vouloir jouer avec lui. Elle s'imagine une partie de cache-cache, une glace à partager. Rire avec Quentin, l'idée lui plaît. Puis son téléphone sonne…

Quentin se précipite dans mes bras. L'Anglaise me remet son cartable, le sac contenant ses affaires pour une semaine, les instructions de sa mère. Elle nous laisse, enlacés sur le perron. Je m'étonne toujours de la taille de mon fils. En une semaine, il a grandi sans moi. Des centimètres qui m'ont échappé, pris de son côté, perdus du mien. Ceux de la semaine à venir, j'en ferai des nanomètres, des millisecondes.

Nous partageons l'espace et le temps dans mon petit appartement. Nous dînons ensemble. Nous lisons une histoire avant le coucher. Je l'écoute raconter sa vie le soir, je lui prépare son petit déjeuner le matin. Nous nous tenons par la main pour aller à l'école. Chez nous, les parties de cache-cache sont brèves, faute de place, mais elles sont joyeuses…

Certains soirs, juste avant d'éteindre la lumière, ses questions fusent sur notre violence, notre inaptitude à vivre ensemble, sa mère et moi. J'essaie de trouver les mots justes. Je lui caresse le dos et la tête. Son souffle ralentit et gagne en profondeur. Ses yeux se ferment doucement. Quentin s'endort. Je le regarde.

33

Le dimanche soir de la semaine suivante, je rends Quentin à sa mère. Nous avons du mal à nous quitter. Je l'embrasse une dernière fois. Déjà, nous comptons les jours jusqu'à nos retrouvailles. L'Anglaise fait son apparition. Elle récupère mon fils et son sac. Quentin m'envoie un dernier baiser et disparaît dans l'ascenseur.

J'apprends doucement à vivre seul. Je retrouve les joies coupables d'une boîte de pâté dégustée sur le pouce. Je me consacre entièrement à mon métier. Je travaille jour et nuit. La lecture distrait ma solitude. Les cours en amphithéâtre m'offrent l'illusion d'être écouté. Les yeux de la jeunesse braqués sur moi masquent mon usure et les débats d'idées ma vacuité.

Une étudiante de première année s'installe au premier rang devant l'estrade. J'aime sa robe portefeuille courte, son crayon planté dans ses cheveux, sa jeunesse. Pour un homme resté à quai, ses sourires sont des navires en partance. Alors, ce jour-là, à la fin des cours, je me laisse porter. Je quitte la Sorbonne, traverse le jardin du Luxembourg, me retrouve devant l'école de Quentin. C'est l'heure des mamans. Mon fils descend tranquillement les marches. Valérie le tient par la main. Ensemble, ils sont magnifiques. L'Anglaise réceptionne mon fils. Quentin me voit et me saute dans les bras. Deux jours à attendre avant de se retrouver. Le temps d'un baiser et le voici amarré à la perfide Albion, dont l'étrave fend la foule et emporte mon fils au loin, tel Napoléon à Sainte-Hélène.

Je propose à Valérie de passer un moment ensemble. Elle accepte. Nous marchons côte à côte, parlons de Quentin, de ses progrès. L'entrée du jardin du Luxembourg. Le vrombissement des abeilles autour des ruches, le choc des boules du club de pétanque, les cris des enfants, les marronniers en fleur. Le restaurant *La Terrasse de Madame*. Nous nous asseyons à l'extérieur et commandons un café. J'arrive à la faire rire. Une boucle de ses cheveux blonds s'échappe et, portée par le vent, vient balayer ses lunettes. Son regard sur le monde est flou. Sa myopie est tendre et bienveillante.

— Valérie, j'aimerais... vous inviter à dîner ce soir.

— Je n'ai pas dîné en tête à tête avec un homme depuis des années.

— Pourquoi ?

— Je me perds dans l'autre.

— Moi, je me perds tout seul.

— Je n'ose plus tomber amoureuse.

— Je ne sais pas aimer.

— Je ne peux pas avoir d'enfant.

— J'ai Quentin et je l'ai enfermé à la cave.

— Je ne suis pas intéressante. Les hommes me quittent au bout de six mois.

— Je suis toxique et con.

— Je suis fragile.

— J'hésite à me suicider.

— Je ne suis pas la femme d'un soir.

— Je ne suis pas l'homme d'une vie.

— Ce serait vraiment une mauvaise idée de dîner ensemble.

— La dernière chose à faire.

La Coupole. Valérie est plongée dans son menu. Ses lunettes sur la tête et le document collé au visage, elle plisse les yeux, déchiffre les caractères. Elle émerge tout sourire et annonce son choix au serveur. Le nuage des conversations nous sert de divan. Nous prenons le risque de partager nos vies sans tabou. Je l'écoute relater son mariage, ses efforts pour tenter d'avoir un enfant, son divorce, ses années de solitude choisie dans son petit appartement de Vincennes. Elle me confie ses doutes et ses peurs. Elle se voit fragile, mais ses choix de vie sont forts. Elle a quitté son mari. Ils se connaissaient depuis le collège. Elle ne l'aimait plus. Elle a laissé son poste de cadre à la Poste pour s'occuper d'enfants en difficulté.

J'ose lui raconter ma vie sans rien cacher de l'horreur, de la violence, de mes erreurs. À ma grande surprise, mon histoire peut être entendue. La parole ne libère pas, mais elle normalise. Valérie passe ma laideur au filtre de sa myopie et me voit tout en rondeurs, là où je ne perçois qu'aspérités. J'admire son courage, ses choix, sa patience. Ma solitude rencontre et reconnaît la sienne.

Après le dîner, nous marchons dans Paris. Nos doigts se frôlent. Je n'ose saisir sa main. Je crains le rejet. Je préfère le confort du « peut-être » à la certitude du « non ». Je m'enivre à l'idée d'aimer. La gueule de bois viendra bien assez tôt. Nous croisons des couples.

Certains s'embrassent. Les lèvres de Valérie sont pleines, j'imagine mes mains se perdre dans ses cheveux.

Notre flânerie nous mène en bas de chez moi, carrefour de l'Odéon.

— Valérie, je voudrais vous proposer une dernière chose à ne pas faire… Cinq étages sans ascenseur.

— Vous me proposez un infarctus pour finir la journée ?

— Une vue sur les toits de Paris assis sur des cartons de livres.

— Une soirée littéraire, en somme. Une autre fois peut-être, je suis fatiguée…

Dans mon appartement, sous notre séant, l'intégrale de Balzac et de Zola. Devant nous, une mer de zinc parsemée d'arbres en fer. Le champagne crépite dans nos verres en plastique. Mon intérieur a des allures de gouttières, nous sommes deux chats contemplant la lune. Son bras frôle le mien. Si je tournais mon visage, mes lèvres se trouveraient près des siennes. Mon rythme cardiaque ne s'est pas calmé depuis notre terrible ascension. Ma main tremble. J'ai peur. Je ne sais plus comment faire. Je cours à la catastrophe. Tant pis, je me lance. C'est le moment qu'elle choisit pour se lever.

— Marc, merci pour cette soirée. Je vais prendre un taxi.

— Valérie, j'ai une dernière folie à vous proposer…

Nous voici dans la rue, amarrés l'un à l'autre. Valérie me tient par la taille. Son corps se presse contre le mien. Ma Guzzi file à vive allure. Les quais de Seine, les péniches, son souffle dans mon cou. La Bastille, le Génie de la Liberté sur sa colonne, les mains de Valérie serrées contre moi. Paris déroule pour nous son tapis de bitume.

Les mascarons, visages enchâssés dans les façades haussmanniennes, nous sourient. Déjà nous voilà arrivés à Vincennes, notre voyage n'a duré qu'un instant. Sa main reste dans la mienne, plus que de raison. Valérie a l'air heureuse. Elle me quitte sans un mot.

34

Ce 5 mai, mon frère recouvre la liberté. Un tiers de sa vie perdu dans une cellule exiguë, parfois à plusieurs. Après notre première rencontre six mois plus tôt, je suis revenu le voir. Une fois par mois, puis toutes les semaines. Je voulais en savoir plus sur celui qui avait traversé ma jeunesse à coups de poing. Nous avons la violence en commun, subie et partagée. Mais son voyage est terminé : il émane de lui une tranquillité, une sagesse que je lui envie. Je veux croire en sa rédemption car, moi aussi, j'espère trouver la paix.

Lors de mes premières visites à la Santé, impossible de relâcher mon attention. J'anticipais les explosions. J'étais en alerte, prêt à me battre. Il me rejoignait, s'installait, parlait, souriait, me quittait tranquillement. Toujours au même rythme lent. Difficile d'oublier les raclées, de renoncer à ma vengeance. Quant à pardonner… j'en suis incapable. Il me raconte sa vie, si différente de la mienne. Pourtant, nous vivions sous le même toit. Enzo s'intéresse à Quentin, à mon métier, trouve formidable que j'enseigne à l'université. Parfois, il m'interroge sur un auteur, sur une de ses lectures. J'anticipe la moquerie. Elle ne vient pas. Je m'étonne de pouvoir l'intéresser.

Mon frère se tient debout sur le trottoir de la rue de la Santé. Il goûte au soleil, les yeux fermés. Je suis en retard. Il m'attend sans s'inquiéter. À ses pieds, deux grands sacs, l'un rempli de vêtements, l'autre de ses livres favoris. Dix ans, deux sacs. Qu'ai-je de plus ? Quentin et deux amis. Un métier peut-être. Tout, d'après lui.

Mon taxi se gare à son niveau. Nous chargeons ses affaires dans le coffre et rejoignons mon appartement. Durant le trajet, Enzo ne dit rien, mais ses yeux dévorent le spectacle de la ville. Loin des murs, des miradors, des barbelés, la liberté exsude sa complexe banalité. J'envie sa capacité d'émerveillement, il s'extasie devant une terrasse étudiante, s'enthousiasme pour le frétillement d'une feuille de marronnier à cinq ou sept folioles. Je paie la course. Cinq étages plus haut, le tour du locataire est rapide. Enzo n'avait nulle part où aller. Pourquoi pas chez moi ? Je n'ai pas grand-chose à lui offrir, mais ce pas grand-chose servira de base arrière à lui qui n'a rien et tout à construire.

Le soir, nous quittons l'appartement pour dîner en terrasse. Je respecte son silence et m'amuse de son regard qui ne sait où se poser. Au dessert, nous parlons d'avenir, de son désir de vivre au grand air. Quand on retient sa respiration pendant dix ans, on a des envies d'air marin, d'effluves de mousse fraîche dans les sous-bois. Chris m'a promis de lui trouver une place chez un de ses amis paysagistes. Enzo veut tailler des haies, planter des arbres. Il restera chez moi le temps de trouver un travail, puis il partira.

Dans le confort spartiate de mon petit appartement, assis sur les cartons, un verre à la main, nous parlons librement, les yeux rivés sur l'horizon. Quelques étoiles filantes viennent vriller le ciel. Je lui propose de prendre la petite chambre sans ouverture. Il veut dormir au salon, les vitres grandes ouvertes sur un paysage sans barreaux. En nous aidant des cartons, nous délimitons une chambre, de la taille de sa cellule, nous déménageons le matelas, le posons à même le sol. Je rejoins la salle de bains, le laisse ranger ses affaires et finir son installation. Quand je sors, il est assis sur son lit, les yeux gouttant au feu intense et doux du ciel étoilé. Une larme se bloque sur une de ses cicatrices et finit par rouler sur sa joue. C'est la première fois que je le vois pleurer.

— Ça va ?

— Dix années de prison…

Je dépose une serviette, une brosse à dents, du dentifrice sur un carton et rejoins ma chambre. J'éteins la lumière. Impossible de fermer les yeux. Malgré moi, mes sens sont en alerte. J'écoute. La douche. Le frottement de la serviette sur la peau. La brosse à dents. Le bruit de l'interrupteur pour éteindre la lumière. Je sens qu'il hésite un instant dans le couloir devant ma chambre. Je me redresse. Mon rythme cardiaque s'accélère. Il va entrer et me tabasser. Non, il retourne au salon. Plus un bruit. Je m'endors.

Tout à coup, ma porte s'ouvre. Il entre comme une furie. Son regard est celui d'un fou. Ses poings sont fermés. Ses coups vont s'abattre. Il se précipite sur moi.

— Tu vas crever !

Je me réveille en sursaut. Il n'y a personne. Le réveil indique 3 heures du matin. Je me lève, me passe de l'eau sur le visage dans la salle de bains. Je vais jeter un coup d'œil au salon. Il est debout, accoudé au rebord de la fenêtre.

— Tu ne dors pas ?

— Non. J'ai fermé les yeux… Il est venu me traîner à la cave et me dérouiller. Je pensais en avoir fini avec cette merde. Au moins, en prison, je dormais bien.

— Moi, j'ai rêvé que tu venais me tabasser…

J'ouvre un tiroir, fouille un peu et trouve la photo.

— Tu l'as déjà vue, celle-là ?

— Non. C'est l'enfoiré, sur la photo ?

— Oui. Je l'ai trouvée à la maison quand maman avait encore toute sa tête. C'est lui avec ses parents. À l'arrière-plan, c'est le lac d'Orta et l'île de San Giulio.

— Et alors ?

— On ne connaît rien de sa vie en Italie, des raisons qui l'ont amené à tout quitter précipitamment.

— Je m'en fous.

— Nos cauchemars viennent de là. Tu ne voudrais pas t'en débarrasser ?

— C'était juste un salaud. Et les cauchemars, c'est pour la vie.

— Qu'avons-nous à perdre à essayer de comprendre ? Je ne veux pas transmettre notre violence à Quentin. Et pourtant, je le fais malgré moi.

Notre conversation se poursuit tard dans la nuit. Nous finissons par nous entendre. Nous irons passer le week-end suivant au nord-ouest de Milan, dans le Piémont, au bord du lac d'Orta, là où se trouve l'île de San Giulio…

En attendant, notre colocation s'organise. Enzo se réveille tous les matins en même temps que moi. La routine carcérale est profondément ancrée en lui. À peine réveillé, il enchaîne les pompes, range ses affaires, prépare le café, lave les couverts et passe l'éponge. Nous prenons le temps d'échanger. Ce moment a l'air important pour lui. Il le devient pour moi. Il me questionne sur mon enseignement du jour.

— « *Madame Bovary*, le langage des choses muettes ».

— Ah oui, quand même…

— Cela t'intéresserait d'y assister ? C'est un cours en amphithéâtre. Tu peux venir.

— Cela ne va pas t'attirer des ennuis ?

— Non. Tu entres avec moi. Tu repars tout seul. Les étudiants viennent toujours me poser des questions à la fin du cours.

Je n'aurais jamais pensé intéresser mon frère avec mes livres, mon métier. Le voir assis au premier rang, à côté d'étudiants deux fois plus jeunes que lui, est un spectacle inédit. Le soir, nous nous retrouvons à la maison. Il s'est lancé dans la lecture de *Madame Bovary*.

— Il fallait sans doute me mettre en prison pour y arriver, mais maintenant, j'aime lire !

Je suis surpris de sa curiosité, de son envie d'apprendre.

Le lendemain, Quentin m'appelle. Nous évoquons sa journée, je lui demande des nouvelles de Valérie. Quand il me questionne sur la mienne, je lui raconte la vérité sur mon frère, sa sortie de prison, sa présence dans mon petit appartement.

— Il est dangereux ?

— Il l'a été. Aujourd'hui, il est gentil. Il veut planter des arbres.

— Il a tué des gens ?

— Oui. C'est pour cela qu'il était en prison.

— Il va recommencer ?

— Non.

— Je pourrais le rencontrer ?

— Tu aimerais ?

— Oui.

— Pourquoi ?

— Si on m'embête encore à l'école, vous viendrez tous les deux me défendre.

Nous préparons notre voyage en Italie. Enzo n'a jamais pris l'avion de sa vie. C'est un grand événement pour lui. J'évite de me moquer. Il s'est acheté une petite valise pour l'occasion, une belle chemise et un pantalon. Il veut se faire beau pour son premier voyage hors de France. Taxi. Aéroport. Enzo redoute le moment d'enregistrer son bagage. La présence de la police le met mal à l'aise. Je me charge des formalités. Nous franchissons sans problème les différentes étapes. Dans l'avion, Enzo se crispe sur son siège. Mais une fois que nous volons à la vitesse de croisière, mon frère finit par se détendre. Il colle son nez au hublot et s'émerveille du paysage en dessous. Au moment de l'atterrissage, il a une crise d'angoisse. L'hôtesse s'inquiète de son agitation.

— C'est la première fois qu'il prend l'avion. Ne vous inquiétez pas.

— Bravo, monsieur ! C'est formidable !

— Ne l'écoutez pas. Mon frère raconte n'importe quoi.

— Relevez votre tablette, on va atterrir.

— C'est sûr, on va se crasher… J'étais mieux en prison…

L'avion se pose sans problème à Milan. Le soulagement d'Enzo fait plaisir à voir. Nous récupérons nos bagages et prenons un taxi. Direction le lac d'Orta.

35

Le lac d'Orta est une perle entourée d'un écrin de verdure. Tout y est calme et enchanteur. Le temps s'est arrêté le long de ses berges molles parsemées d'élégantes villas où des massifs de rhododendrons et d'azalées projettent leurs lampions de couleur vers le ciel.

Nos existences se sont perdues ici avant même notre naissance. Ce voyage est notre pénitence, un temps de prière, de réflexion sur nos actes. Notre première expérience d'une vie fraternelle.

Le taxi quitte la route principale et plonge vers Orta San Giulio. Les rues se resserrent, les toits cachent le soleil. La voiture manque de s'égratigner sur d'anciennes bornes en pierre. Piazza Mario Motta, les bâtiments exposent leurs belles couleurs pastel. À quelques encablures, au milieu du lac, sur l'île de San Giulio, la basilique se dresse vers le ciel.

Hôtel Bocciolo. Je paie le taxi et nous nous installons tous deux dans la même chambre. Les lumières du jour déclinant roulent sur le lac, s'accrochent aux vaguelettes d'une barque de passage. Nous sommes côte à côte, les coudes posés sur le rebord de la fenêtre. Mais le contact physique entre nous n'est pas envisageable, mon corps s'écarte toujours du sien. Les effusions entre frères auxquelles j'assistais parfois m'ont toujours mis mal à l'aise. Je n'ai jamais rien compris à l'amour fraternel.

Nous voici dans la rue. La nuit commence à tomber. Il est trop tard pour repérer l'endroit où la photo a été prise. Nous remettons notre quête au lendemain. La ville est parsemée d'églises. Nous nous arrêtons à la Chiesa di San Rocco, où la statue de la Vierge est émouvante. Notre mère jeune lui ressemblait. À l'église, dans sa belle tenue dominicale, les yeux clos, ses mains réunies touchant ses lèvres pleines, pour qui priait-elle ? Aujourd'hui, elle se meurt à Paris dans son lit, ses deux horribles chihuahuas à ses pieds. C'est sans doute comme ces caricatures de chiens qu'elle nous voyait…

Nous allumons deux cierges, pour elle, pour nous, pour Quentin, pour Valérie. Peut-être un jour pour mon père. Aujourd'hui, nous en sommes bien incapables. Surplombant la ville, le Mont sacré d'Orta retrace la vie de saint François d'Assise en vingt chapelles. Tous ces lieux de prière… Quel beau cadre de vie pour le diable ! Pourtant, tout à la joie d'être ensemble, nous évoquons peu notre père.

Le *Ristorante San Giulio* nous accueille en bordure de lac pour le dîner. Une serveuse tout en rondeurs prend notre commande. L'italien d'Enzo est meilleur que le mien. Il plaisante avec elle, elle lui sourit en minaudant, visiblement sous le charme. La conversation se poursuit entre eux comme si je n'étais pas là. Je ne l'avais jamais vu parler tranquillement à qui que ce soit. Je découvre mon frère, son humour, sa culture, sa douceur et son charme. Un regard sévère du maître d'hôtel et la serveuse se redresse.

— Il faut que je reprenne mon travail…

— Pas de problème. « Un infini de passions peut tenir dans une minute. » Merci pour ce moment. Je m'appelle Enzo.

— Florence, lui répond-elle en rougissant avant de reprendre son travail.

— Tu as vu ce qui vient de se passer ?

— Ben oui, tu cites Flaubert ! *Madame Bovary.*

— On s'en fout de ça ! Tu crois que je lui plais ?

— Je confirme.

— Ça fait quarante ans que je n'attire que les ennuis. Cette minute avec elle, le lac d'Orta à l'arrière-plan, c'est comme si ma vie commençait…

— Je comprends. J'ai ressenti la même chose récemment avec Valérie.

Nous trinquons ensemble au prosecco. Le vin blanc mousseux de la Vénétie nous enivre juste ce qu'il faut. Nos corps s'évitent toujours, mais nos verres s'entrechoquent. Cette soirée est jour de fête. Le passage de la belle serveuse à proximité de notre table a des allures d'épiphanie. Pour Enzo, chacun de ses sourires, chacune de ses paroles vaut tous les cadeaux du monde. Notre échange est léger. Nous parlons d'avenir. J'évoque Valérie, les promesses fragiles de notre amour naissant. Enzo s'imagine pratiquer un métier au milieu des arbres. Il aimerait s'occuper de Quentin et l'aider à pousser droit. Son rêve d'une famille unie devient le mien. Nous sommes les derniers à table. Nous quittons le restaurant et la belle à regret. Dans la rue, Enzo passe son bras autour de mes épaules. Il me remercie pour ce voyage. Ce soir-là, sa main sur moi est légère.

Le matin, nous embarquons pour l'île de San Giulio. De là-bas, il nous sera plus facile d'observer Orta et d'identifier la maison d'où la photo a été prise. L'île est occupée par l'abbaye Mater Ecclesiae et les sœurs bénédictines. Il y a très peu de verdure, et un seul chemin piétonnier en pierre, nommé « le chemin du silence ». Les paroles terribles de notre père résonnent tout à coup : quand il enfermait Enzo à la cave, il évoquait ce chemin du silence... En observant le continent, nous arrivons à identifier deux ou trois propriétés. Nous savons désormais où chercher.

De retour à Orta San Giulio, nous gravissons la rue de la colline du Mont sacré. Un grand portail se dresse devant nous, celui de la Villa Motta. Nous sonnons sans trop savoir ce que nous allons demander. La comtesse Bianca Cribellis de Uboldo, membre de la vieille noblesse milanaise, réside ici. Un majordome s'avance et nous interroge sur l'objet de notre visite. Nous recherchons la trace de notre père, qui aurait peut-être habité ici. Nous lui tendons la photo. Il reconnaît la terrasse. Il nous demande d'attendre et part se renseigner.

Dix minutes plus tard, il revient.

— La comtesse pourra vous recevoir demain à 15 heures. En ce moment, elle est occupée.

— Elle a reconnu notre père ?

— Il semblerait que votre famille ait travaillé ici, au service de la comtesse. Revenez demain si vous voulez savoir.

L'après-midi s'offre à nous. Nous nous promenons le long du lac d'Orta en empruntant le chemin côtier. Aucune plage, mais un ponton. Malgré la profondeur, l'eau est limpide. Au fond, les algues dansent et les poissons se prélassent.

Difficile d'imaginer que ce lac a été gravement pollué dans les années 1960. Les résidus de métaux lourds déchargés par les industries en bordure l'avaient rendu toxique, impropre à accueillir la vie. Le chaulage des années 1980 a assaini ses eaux, les rendant cristallines. La vie est revenue.

Nous décidons de profiter de cette belle fin d'après-midi. Nous nous déshabillons, ne gardons que nos sous-vêtements. Nous nous amusons comme des gosses, nageons, plongeons, nous coulons quand l'autre passe à portée. L'eau est délicieuse. Allongés côte à côte sur le ponton, nous laissons le soleil nous sécher.

La journée se termine comme la précédente, au restaurant, devant un bon verre, dans le feu d'artifice d'une nuit de fin d'été.

36

À 15 heures le dimanche, nous nous présentons devant le portail de la propriété. Depuis le matin, nous nous sommes progressivement murés dans le silence. Ce rendez-vous avec notre père et son histoire nous écrase. Nous pensons à lui et nos visages se ferment. La joie de nos retrouvailles s'étiole. Sa violence occupe à nouveau tout notre espace. Elle nous a opposés dès notre enfance. Nous dormions dans des chambres contiguës sans nous connaître. Nous avons appris la crainte et l'effroi. La peur a accompagné tous nos choix, nos décisions. Qu'y a-t-il pour nous derrière ces portes ? Un nouveau traumatisme à gérer, une sale histoire de plus, peut-être plus terrible que celle que nous avons vécue. Je me fous d'apprendre pourquoi mon père était un enfoiré. Le savoir ne nous rendra pas meilleurs. Nous nous tenons côte à côte, malgré lui. Trente-cinq ans pour trouver le courage de se parler, de s'aimer. Le monde de notre père se tient derrière ces portes. Où est le nôtre ?

— Marc, pourquoi on est là, déjà ?

— Pour comprendre pourquoi il nous frappait.

— C'est important ?

— Comprendre est la première étape du pardon.

— On s'en tape du pardon. L'important, c'est Quentin, Valérie, toi et moi… et ce qu'il nous reste de bien à vivre ensemble.

Le portail est maintenant grand ouvert sur un jardin bien entretenu et une demeure de style baroque. Nous reconnaissons au loin la terrasse d'où la photo a été prise. Là, une dame âgée élégante, portant robe blanche et chapeau grand siècle, nous avise en s'éventant doucement. Le majordome fait son apparition.

— Bonjour, messieurs, si vous voulez bien me suivre, la comtesse va vous recevoir.

— Enzo… on se tire ? On a encore le temps d'aller se baigner…

— On a une heure devant nous.

— Vous remercierez la comtesse, mais on doit partir. Une urgence…

Nous dévalons la colline en riant comme des enfants. Derrière nous, les portes de la violence se referment doucement.

Remerciements

Merci, Stephen, pour ton amitié et tes retours musclés.

Merci à toute l'équipe pour cette belle aventure.

Cet ouvrage a été composé par IGS-CP
à L'Isle-d'Espagnac (16)
et achevé d'imprimer sur Roto-Page
par l'Imprimerie Floch, à Mayenne
pour le compte de S. N. Éditions Anne Carrière
57, rue Gaston Tessier – 75019 Paris
en février 2024

Imprimé en France
Dépôt légal : mars 2024
N° d'édition : 1122 – N° d'impression : 104285